서울,
 마득,
해울

서울, 마둑, 해울

곽나원 소설

마카롱

차례

1부 차현성 —— 7

2부 현용숙 —— 83

3부 강시현 —— 133

에필로그 —— 178

1부
차현성

마둑과 해울

세 갈래 길을 지나 끝없이 이어져 있는 계단을 오르면 보이는 적벽돌 빌라. 그곳이 목적지였다. 멀지만 참 단조로운 귀갓길. 신기할 것도, 새로울 것도 없는 동네. 길을 오르며 늘 구부정하게 처진 자세와 아래로 내리꽂은 시선을 고수해왔지만, 오늘만큼은 현성의 어깨에 꼿꼿하게 힘이 들어갔다. 딴엔 몇 년 있던 회사라고 짐을 정리하니 상자가 한가득 찼다. 상경하고 어렵사리 구한 변변찮은 직장에서마저 쫓겨나다시피 나온 현성에게 오늘따라 이 길이 무척이나 멀고 높아 보였다.

한참을 오르다 고개를 드니 동네 전경이 보였다. 할머니와 살던 해울을 떠나 이곳에 정착한 뒤로 변한 것 하나 없는 오래되고 낡은 동네는 재개발이 서서히 시작되고 있어 형체가 야금야금 없어지는 것만 달라졌다.

그러던 중 현성의 눈에 들어온 건 후줄근한 동네와 어울리지 않게 때 묻지 않은 새 가게였다. 매일 지나던 길인데도 몇 년 전에 생긴 건지, 어제 처음 생긴 건지 모를 일이었다. 따분함 속에 끼어든 그 가게는 가을밤인데도 테라스 창문이 활짝 열려 있었다. 현성은 무거운 짐 탓에 흐르는 등줄기의 땀을 느끼며 춥지도 않나, 하고 작게 중얼거렸다. 테라스 너머로는 푸릇푸릇한 화분이 줄지어 있었고, 덕분에 거리에서 가게 안쪽은 하나도 보이지 않았다.

잠시나마 생긴 흥미를 뒤로하고, 현성은 세 갈래 길에 도착했다. 가로등을 기준으로 오른편에는 새로 생긴 아파트 단지로 가는 초입이, 왼편에는 모난 계단이 줄지어 있었다. 무거운 짐을 내려놓으려면 끝없는 이 길을 다 올라야만 했다.

더는 무리다. 현성이 내린 결론이었다. 그러자 꿋꿋이 종이 상자를 들고 오던 팔에 힘이 쭉 빠지면서 둔탁한 마찰음이 났다. 바닥에 던지다시피 내려놓은 종이 상자는 쓰레기 더미 사이에서 볼품없는 존재감을 드러냈다.

"내일 와서 가져가야지. 누가 버리면 어쩔 수 없고……."

그러나 현성은 꽁꽁 묶인 쓰레기봉투 사이에 활짝 열려 있는 종이 상자가 못내 신경 쓰였다. 누군가 조금만 뒤적여도 현성에 대한 온갖 정보를 알 수 있을 법했으니. 현성은 잠시 고민하다 이내 상자를 숨길 곳을 찾았다. 이목을 끌지 않으면서 나중에 마음이 바뀌어 돌아와도 온전한 상태로 가져갈 만한 곳이 어딜까. 현성은 발로 상자를 끌어 칠이 벗겨진 헌 옷 수거함 뒤에 엉성하게 밀어 두었다. 멀찍이 떨어져 다시 주변을 살피자 다행히 짐은 더 이상 눈에 띄지 않았다. 이만하면 됐다. 현성은 주저 없이 가로등 불빛을 벗어났다.

손과 발은 홀가분했지만 몸은 여전히 무거웠다. 무거운 발걸음은 핑계였는지도 모른다. 오늘따라 집까지 오는 길이 한없이 까마득했던 것은 앞으로 습관처럼 갈 곳도, 만날 사람도 없다는 게 진짜 이유였다. 마음 한구석에 자리 잡은 불편함은 집으로 향하는 발걸음을 더욱 느리게 만들었다. 내일부터는 온종일 집에 있어야 한다는 강박에 사로잡히자, 오늘만큼은 밖에 있어야겠다는 생각이 현성을 휘감았다. 만일 이대로 집에 들어가버린다면 영영 나오지 못할 것만 같았다.

어디 가지, 어디 가야 할까. 낮게 읊조리며 계단을 올랐다. 추위에 잔뜩 어깨를 움츠린 채 주머니에 손을 넣자 짤그랑거리며 차 키가 잡혔다. 현성의 물건 중 가장 값비싸고 호화로운 물건이자 지금의 생활을 영위하는 데 아무런 쓸모가 없는 물건이었다. 다만 할머니가 물려준 것이기도 했고, 해울의 기억이 몽땅 담겨 있기도 해서 흔쾌히 처분하지 못했다.

차 키를 만지작거리며 공터에 도착했다. 계단이 끝나면 나오는 오르막길을 담벼락 삼고 있는 공터는 공사장의 잔해가 잔뜩 쌓여 있었다. 현성은 구석에 주차해놓은 경차 앞으로 다가갔다. 한동안 자리만 지키고 있었기에 불법 주차로 견인될 법도 했지만 아무도 관심이 없는 듯했다. 보닛과 차

창을 후 하고 불자 먼지가 자욱하게 퍼져 나갔다.

현성은 탁해진 시야를 손으로 휘저으며 차에 올랐다. 시동을 걸자 오랫동안 참은 숨을 토해내듯 요란한 배기음이 울렸다. 무작정 차에 탔지만 현성은 마땅히 갈 곳이 없었다. 아무도 없는 집에 가서 우두커니 있자니 지금과 다를 바가 없고, 할머니가 머무는 요양원에 가자니 너무 늦은 시간이었다.

이럴 때면 아무도 옆에 없다는 게 피부로 와닿아 그저 한숨만 나왔다. 인간관계가 주는 부피감이 늘 버거워 혼자임을 자처했지만, 외로움이 깊숙이 느껴질 때면 그 또한 고됐다. 현성은 모순으로 가득한 자신이 안쓰럽기도, 불행해 보이기도 했다.

문득 아빠를 떠올렸다. 하지만 혜선 이모와 혜욱 삼촌처럼 아빠 역시 일 년에 한두 번 볼까 말까 한 사이에 갑자기 찾아가는 건 너무 이상했다. 현성에겐 그저 갑작스럽게 보고 싶다는 핑계로 만날 이도, 정당화하기 좋은 명분도 없었다.

입술을 잘근잘근 물던 현성은 이내 마둑을 떠올렸다. 땅끄트머리에 있는 마을. 십 년도 전에 아빠와 여러 번 여행 갔던 곳. 유일하게 떠오른 곳이 고작 아빠의 단골 술집이라는 사실에 어이가 없었지만 술집이니 늦게까지 문을 닫지 않을 것이었고, 사장이 현성을 알아볼 리도 만무했다. 현성은 주저 없이 엑셀을 밟았다.

땅끝까지 가는 길은 멀었다. 현성은 눈꺼풀이 감길 때마다 기계적으로 컵 홀더에 있던 커피를 마셨다. 일주일도 훨씬 지난 커피였지만 그래도 꽤 쌀쌀했으니 상하진 않았을 것이었다.

참 길고도 험난한 한 주였다. 퇴직금을 넉넉히 챙겨줄 테니 권고사직 통보를 받아들이라는 협박 아닌 협박을 받았다. 회사가 사업 단위를 축소하면서 현성이 속한 부서는 사라지게 되었다. 그나마 말이 통했던 팀장이 보이지 않는 사내 정치 싸움 끝에 다른 지점으로 발령되자, 다른 팀원들은 연줄이 있던 부서로 뿔뿔이 흩어졌다. 현성만 아무런 방패막이가 없었다. 그리고 이전에 없던 성과 제도에 미치지 못했다는 이유로 그를 대신할 새로운 인력을 뽑겠다는 통보를 받은 참이었다.

그제야 회사의 훤한 속내를 깨달았다. 현성을 내보낼 적당한 명분을 이제야 찾은 것이리라. 현성은 회사에서 사람들과 도통 어울리지 못하고 겉돌았다. 사내 소식에는 늘 한발 느렸고, 모르게 흘러가는 일도 꽤 많았다. 그래도 일하는 데 아무 지장이 없었으니 아무렴 괜찮다고 생각했다. 그건 하나만 알고 둘은 모르는 그녀의 실수였지만. 회사가 내민 터무니없는 통보를 거절하자 그들은 곧바로 다른 조치를 내렸다.

"그래도 대기 발령보다는 그만두는 게 낫지 않아요? 너무 힘들 것 같은데……."

대기 발령자 신분인 현성에게 몇 번 말을 붙인 적 있던 이가 다가와 커피를 건넸다. 현성은 떨떠름한 표정이었다. 걱정을 가장한 쓸데없는 간섭이었지만 거절하기가 뭣해서 커피만 받아 들었다.

그다음 날부터 현성의 자리는 복도 한가운데, 흰 벽을 마주 보고 앉는 곳으로 바뀌었다. 아무런 업무도 주어지지 않은 채였다. 그녀는 하루 종일 꼿꼿한 자세를 유지했다. 사람들은 마치 오점처럼 놓인 현성을 힐끗거리며 가로질렀다. 통일감 있는 흰 벽을 시선으로 더듬다 보면 점점 눈앞이 흐려졌다. 분명 눈을 뜨고 있지만 꿈을 꾸는 것처럼 현실마저 희미해졌다. 그러다 울컥 현기증이 밀려오자 현성은 대기 발령 조치 일주일 만에 손을 들고 회사를 나왔다.

어떻게든 자리에서 버티면 무언가 다른 지시가 내려올 줄 알았는데 오기 끝에 남은 건 무의미함이었다. 눈치가 빠르다고 자부했지만 어느 부분에서는 한없이 순진했다. 대기 발령을 단어 뜻 그대로 해석하는 이는 아무도 없었으니. 이제 와서야 현성은 그때 건넨 커피가 진심 어린 걱정이었나 싶었다. 마시지도 버리지도 못해 가져온 커피는 그렇게 현성의 차 안에 일주일을 꽂혀 있게 됐다.

자정이 다 되어 도착한 마둑은 상상과 사뭇 달랐다. 그도 그럴 것이 현성이 아빠를 따라 이곳에 온 건 갓 중학생이 되던 십오 년 전이었다. 다시 찾은 마둑은 그때와 달리 번화해 있었고, 공영 주차장에는 빼곡히 주차된 차들이 보였다. 어스름하게 경계가 진 검은 바다를 배경으로 폭죽이 연신 터졌고, 해안 길을 따라 늘어선 가게에는 늦은 시간에도 사람이 꽉 차 있었다.

기대와 달리 낯선 풍경에 현성은 문득 두려웠지만 해안 길을 따라 천천히 걸었다. 끊임없이 밀려오는 사람들이 버거워 걸음을 재촉했지만, 기억 속에 선명한 그 가게는 보이지 않았다. 하염없이 들리는 행인들의 웃음소리가 불과 몇 시간 전 자기를 보며 수군대던 회사 사람들의 소리로 겹쳐 들리자, 현성은 굽은 등을 더 움츠렸다. 얼마나 걸었을까. 발길이 뜸해진 곳까지 걸어온 현성은 그제야 고개를 들었다. 그곳엔 방파제 너머가 위험하다는 표지판만 덩그러니 놓여 있었다.

애꿎은 돌부리만 걷어차던 그때, 표지판이 절묘하게 가리고 있던 건물 하나가 보였다. 현성에게 익숙한 외관이었다. 그러나 어릴 적 크고 거대해 보였던 그곳은 이제 허름하고 촌스러웠다. 더는 장사를 안 하나 의심될 정도로 고요했다. 혹시나 주인이 바뀌었나 싶어 목을 빼고 안을 들여다보았지만, 불이 다 켜진 식당 안에는 사람 형체 하나 보이지 않았다.

현성은 과장되게 숨을 들이마시며 크게 심호흡하곤 문을 열었다. 고요하던 주위에 짤랑 요란한 종소리가 울렸다. 스산하고 음울한 첫인상이었다. 괜히 주눅이 든 현성이 조심스레 안을 살피자 주방 쪽에서 덥수룩한 사내가 벌떡 일어났다. 서로의 기척에 놀란 나머지 둘은 한동안 서로를 응시했다.

다행히 그는 별다른 내색 없이 주문을 받았다. 현성도 표정을 가다듬고는 소주 한 병과 메뉴판 맨 위에 있는 것을 집었다. 가게 주방은 홀과 구분 짓는 벽 하나 없이 훤히 드러나 있고, 화구는 홀을 등지는 구조였다. 현성은 아무런 방해 없이 그를 빤히 관찰했다. 손님이 없다는 게 무색할 정도로 재료들이 푸릇했다. 그는 조금 뒤 뜨거운 연기가 나는 냄비를 아무렇지 않게 맨손으로 잡아 빈 테이블 위에 놓았다.

"저, 소주 한 병도……."

"지금 몇 살이냐."

"스물아홉인데, 신분증 보여드려요?"

술 하나 마시지 못하는 나이로 보이진 않았을 텐데. 그는 먼 허공을 바라보며 세월을 그리는 듯했다. 비척비척 냉장고로 가 소주 두 병을 꺼내더니 현성 앞에 한 병을 내려놓았다. 그러고는 건너 자리에서 의자를 빼더니 나머지 한 병을 내려놓고 앉았다.

거슬리는 그를 애써 외면하고 현성은 앞에 놓인 음식에 젓가락을 갖다 댔다. 해울을 떠난 뒤로 간만에 먹는, 할머니가 차려준 것처럼 푸짐한 밥상이었다. 할머니와 시장에 내다 팔던 제철 채소와 같이 모든 향이 풍부하고 진했다. 한참 밀린 허기에 음식을 허겁지겁 삼켰고, 가게 안은 젓가락 부딪히는 소리로 가득 찼다. 입가심으로 소주 한 모금을 넘기자 그가 말을 걸었다.

"아빠는 잘 있냐."

그제야 확실해졌다. 그는 현성을 알아보고서도 애써 모른 척한 것이었다.

"아셨어요?"

"처음엔 긴가민가했는데 보면 볼수록 기호 얼굴이 보여서 말이다."

"맞아요. 저예요, 차현성."

현성은 이 말을 끝으로 대화를 마무리 지으려 했으나, 그는 기대하는 표정으로 다음을 기다리고 있었다. 절친했던 후배의 안부가 궁금할 터였다. 현성의 아빠는 딸 말고도 연락 끊긴 사람이 많은 모양이었다. 현성은 정적이 불편해 그의 기대와는 다를 말을 짧게 내놓았다.

"아빠는 잘 있겠죠. 서로 연락 안 한 지 꽤 됐어요. 같이 살지도 않고요."

그러자 그는 궁금증 하나를 풀었단 듯이 끄덕였다. 그 모습은 현성을 더욱 의아하게 했다.

"결국 해울로 갔나 보구나."

주춤했다. 현성이 해울로 떠나게 될 걸 미리 알았다는 건가 싶어서 섬찟하기도, 한편으로는 이해가 가기도 했다. 그들은 절친한 사이였으니 어린 현성만 모든 소식을 몰랐을 테다. 한 번도 잊어본 적 없던 아줌마와 아빠의 대화가 떠오르자 현성은 순식간에 날카로워졌다.

"아저씨도 알았나 보네요. 아빠가 나 해울로 보내려던 거요."

"그게 무슨 소리냐. 기호는 누구보다 널 보낼 생각이 없었는데."

그의 뚱한 표정이 현성을 더 자극했다. 얼핏 들은 이야기로 모든 걸 아는 체하는 듯했고, 알고 있는 것 역시 일부에 불과해 보였다. 오래전 연락이 끊긴 후배를 위해 선의의 거짓말을 해주는 건가 싶었다.

지금으로부터 십오 년 전, 새해가 막 시작되던 참이었다. 긴 겨울 방학을 보내던 현성은 여느 예비 중학생처럼 아침부터 저녁까지 여러 학원을 돌았다. 그쯤 현성의 아빠는 딸이 태어나기 전부터 재직했던 회사를 나와 사무실을 개업했다. 직접 거래처를 구하고 출장을 다니느라 출퇴근이라는 개념이 없을 정도로 많은 일을 했다. 그렇게 그가 마음 놓고 집을 비울 수 있었던 건 아줌마가 집에 있어서였다.

그때부터 현성에게는 집이 되려 불편한 장소로 변했다. 아빠의 재혼 소식을 들었을 때만 해도 현성은 뛸 듯이 기뻤다. 드디어 다른 친구들처럼 엄마라고 부를 수 있는 존재가 생겼고, 바쁜 아빠를 대신해 학교에도 와줄 수 있는 새로운 보호자가 생겼으니 말이다. 아줌마를 몇 번 본 적 없었어도 마냥 좋았다. 그 기대는 이후 현성에게 더 큰 실망만을 가져다주었지만.

　아줌마와 집에 단둘이 남아 있기 시작한 후로 현성은 눈치 보는 날이 많아졌다. 처음에는 시간이 지나면 어색함이 누그러질 것이라고 되뇌던 현성도 어느 순간부터는 자포자기하는 심정으로 받아들였다. 아줌마가 남편과 전처 사이에서 난 자식을 불편해한다는 걸 말이다. 현성이 도통 이해할 수 없었던 일들은 아줌마가 의도적으로 무관심했다는 걸 인정한다면 모두 설명이 됐다.

　한번은 현성이 같은 반 남자아이를 시원하게 한 대 쥐어박은 적이 있었다. 깐족거리며 먼저 놀려대던 아이는 순식간에 피해자가 됐다. 학교에서 몇 번이나 집으로 연락했지만 끝내 연락이 닿지 않았다. 시간이 흐른 뒤에야 현성은 당시 아줌마가 현성의 연락처도, 다니던 초등학교 이름도 몰랐다는 사실을 알게 됐다. 아줌마는 현성과 관련된 모든 걸 의도적으로 모른 체했다. 그랬기에 현성은 누구보다도 아빠가 집에 오는 날만 기다렸다.

　하루는 오랜 출장을 마치고 아빠가 집으로 오는 날이었다. 약속 시간을 훌쩍 넘겨 자정이 지나도 도착하지 않자 현성은 아빠에게 연신 전화를 걸었고, 그는 먼저 잘 준비를 하라며 현성을 타일렀다. 그런데도 평소와 다르게 상기된 아줌마의 표정이 어딘가 신경 쓰였던 어린 현성은 자는 척을 하면서도 감기는 눈꺼풀을 손으로 잡으며 버텼다. 비몽사몽이던 그때 현관문을 여닫는 소리가 들렸고, 잠시 후 낯선 분위기가 느껴졌다. 부스럭거리며 무언가를 꺼내는 소리, 헉하며 숨을 들이마시는 소리, 우당탕거리는 소리와 낮은 환호 소리. 그리고 들려오는 대화.

"자기야, 축하해. 현성이 드디어 동생 생기겠네. 식구도 늘었는데 더 열심히 일해야겠다."

아빠는 늦은 시간과 어울리지 않게 호탕한 웃음소리를 냈다. 웃음을 머금던 그와 숨죽여 이 상황을 듣고 있던 현성에게 아줌마는 찬물을 끼얹었다.

"그럼 현성이는 해울로 가는 거지?"

"응?"

"결혼 조건이었잖아. 우리 아이가 생기면 현성이는 해울로 보내기로 말이야. 잊은 거 아니지? 나, 애 둘 키울 자신 없어. 현성이는 더더욱. 어린애답지 않게 너무 예민해서 늘 눈치를 봐야 돼. 그뿐이야? 걔가 어떻게 태어났어. 걜 볼 때마다 요샌 그 생각만 해. 우리 애도 걔처럼 나를 먹고 태어나는 건 아닐까 하고. 무서워. 보내자. 외할머니도 계시잖아."

뒤이어 문이 쿵 닫혔다. 대화는 더 이상 들리지 않았다. 자신을 무섭다고 하는 아줌마의 말이 계속 현성의 귓가에 맴돌았다. 갓 중학생이 되는 아이가 뭐가 그렇게 무서웠을까.

하지만 무엇보다 현성이 가장 슬펐던 이유는 따로 있었다. 아줌마가 그런 생각을 한 것도, 현성이 모르게 정한 아빠의 재혼 조건 때문도 아니었다. 그저 이 모든 걸 자신이 짐작조차 하지 못해서였다. 현성은 아빠와의 기억을 떠올렸다. 아빠는 어떤 마음이었을까. 쉬는 날에도 현성과 여행을 다니며 추억을 쌓은 것은 부채감 때문이었을까. 그 뒤로 현성은 아빠와의 모든 기억에 의심을 품을 수밖에 없었다.

이후 현성은 그들을 똑바로 바라보고 말 섞기가 힘들었다. 그래서 자신이 가야 할 곳이 어딘지 빨리 받아들여야겠다고 생각했다. 현성이 있을 곳은 해울뿐이었다. 반 친구들과 사이가 틀어졌다는 핑계를 대며 해울로 가겠다고 떼를 썼고, 그런 현성의 태도에 모두가 당황했다. 해울에 가는 건 기껏해야 일 년에 한두 번, 명절 때마다 이모, 삼촌네 가족과 밥 한 끼 먹는 게 전부였으니 당연한 반응이었다. 몰래 엿들은 대화를 알 리가 없는 가족들에게는 이 모든 게 막무가내로 보였을 테지만 결국 현성은 뜻대로 해울에 자리를 잡았다.

"이래도 아저씨는 아빠가 절 해울로 보낼 생각이 없었던 것 같아요? 아뇨. 전 절대 그렇게 생각 안 해요."

현성은 분이 풀리지 않아 여전히 씩씩댔고, 그때 느꼈던 배신감이 떠올라 다시 서글퍼졌다. 울컥하는 탓에 목소리가 점차 잦아들었다. 그는 한동안 말이 없었다. 입술을 떼었다 붙였다 반복하며 할 말을 고르고 고르는 게 버릇 같았다.

"아닐 거다. 기호는 너를 해울에 보내려고 계획하지 않았어. 기호가 온갖 일 다 겪어내는 걸 옆에서 지켜본 사람으로서 걔가 그럴 사람은 아니라고 생각한다. 아끼던 후배라서 이렇게 말하는 게 아니야."

"아저씨가 어떻게 확신하는데요."

그는 몇십 년 전 일을 잘도 기억해냈다. 현성이 알고 있던 것도 있었지만 처음 듣는 이야기도 많았다. 기호는 유별난 신입이었다. 스물네 살, 군대를 막 전역하자마자 입사하여 밤톨같이 깎인 머리에 각진 말투와 미처 빠지지 않은 군기가 흘러나오는 사람이었다. 기호의 사수였던 그는 기호가 그저 신기했단다. 철없이 놀러 다니기 바빴던 그와 달리, 후배라는 놈은 결혼해서 가정이 생긴다고 하니 대견할 만도 했다.

매사에 무덤덤하던 그였지만 유난히 빛나던 기호의 눈빛은 특별하게 다가왔다. 세상에 된통 깨져도 바로 일어설 만큼 의지 가득한 눈빛이었다. 그러나 그런 젊음의 독기도 한때였다. 얼마 지나지 않아 딸 현성이 태어났고, 그의 아내는 피를 너무 많이 쏟은 데다가 지혈도 되지 않아 세상을 떠났다. 아주 흔한 일도 아니었지만 그렇다고 아예 없는 일도 아니었다. 그저 운이 나빴을 뿐이었다. 손쓸 새도 없이 짧은 시간에 많은 일을 겪었다. 아내의 죽음과 새로운 생명의 책임을 같이 넘겨받았으니.

처음으로 사람이 한계에 다다라 무너지면 어떻게 변하는지 알게 되었다. 유별나게 빛나던 기호의 눈빛은 이제 눈앞에 칼이 들어와도 아무런 미동조차 없을 것처럼 공허해졌다. 회사를 그만두겠다며 무단결근을 일삼았지만, 그가 기호를 붙잡았다. 부모의 부재와 경제적 빈곤을 앞서 모두 겪은 그는 기호의 결심을 말릴 자격이 있다고 생각했다. 그래서 갓난아이인 딸을 봐서라도 계속 일을 해야 한다며 기호를 끈질기게 설득했다.

대단한 오지랖이자 지금의 그에게는 없을 열정이었다. 그는 기호를 대신해서 남몰래 휴가를 끌어다 주고, 업무도 대신 처리했다. 한참이 지나서야 점차 안정을 찾은 기호는 그제야 그의 노력을 알아차렸다. 몇 번이고 감사하다며 고개를 숙이는 기호에게 그는 거친 손으로 후배의 길어진 머리카락을 쓰다듬었다.

"기호가 삶을 다시 찾아가게 된 건 다 네 덕일 거다. 그때 기호에겐 네가 전부였으니까. 어쨌든 그 이후로 우리 둘은 직장 선후배보다 친하고 깊은 사이로 남았지. 회사를 그만둘 때까지 서로의 버팀목이나 다름없었다."

"끈끈한 사이였나 보네요, 한때는."

퉁명스러운 말에도 그는 고개를 저었다. 현성도 짐작할 순 있었다. 그저 한때라고 치부하기에는 서로의 인생에 너무 인상 깊은 시절이었을 테니.

당시 기호와 그는 출장을 자주 다녔고, 일이 끝난 밤이면 늘 술잔을 기울였다. 그날도 취기가 한창 오른 후배에게 미덥잖다는 듯이 한 소리를 건네던 참이었다. 과중한 업무를 끝내고도 휴일이면 기다렸단 듯 딸과 놀러 다니는 후배가 안쓰러웠던 그는 어릴 적 놀러 다닌 곳은 다 커서 기억하지도 못한다며 참견했다. "휴일이어도 저한테나 휴일이지, 현성이한테는 유일하게 아빠랑 놀 수 있는 날이잖아요." 그가 아직도 선명하게 기억하는 기호의 한마디라고 했다. 그때 인사불성인 와중에도 기호가 내놓은 진심 어린 대답은 그에게 잊지 못할 대화로 남았다. 기호가 아픔을 이겨내고 누군가를 다시 살뜰히 아껴줄 수 있는 사람이 되었다는 기쁨 때문이었다.

그가 느꼈던 보람도 잠시, 긴 고단함이 시작됐다. 청춘을 열심히 갈아 넣은 곳에서 돌연 해고 통지를 받은 것이었다. 개인의 잘못도 회사의 변덕도 아닌 그저 지구 반대편에서 일어난 일 때문이었다. 2007년 세계 금융 위기가 터지면서 IMF 때에도 버텼던 회사가 한순간에 무너졌다. 당시 피해가 있었나 싶을 정도로 영향이 미미한 사업도 있었지만, 그들이 속한 회사는 하필 미국과 유럽을 상대로 화학 제품을 납품하는 곳이었다. 거래처가 다 망하니 수익이 곤두박질쳤고, 구조 조정 역시 당연한 수순이었다.

처음에는 반발하는 사람들에게 자회사 이곳저곳으로 분

산해서 배치해주겠다며 회유책을 썼지만 당연히 통하지 않았다. 한평생 하던 일을 놔두고 아예 다른 일을 하라는 통지를 직원들이 고분고분 따를 리 없었다. 시간이 지나면 실적을 핑계로 자르겠다는 말과 같았기 때문이었다.

회유책에 실패한 회사는 노골적으로 직원들을 협박하기 시작했다. 권고사직 기한 안에 사직서를 쓰고 나가지 않으면 대기 발령 조치를 내리겠다고 했다. 이 말을 듣고도 그와 기호를 비롯한 동료 대부분은 별다른 대안이 없었다. 먹을 만큼 먹은 나이에 경력을 살려 새로운 직장에 들어가는 일 또한 하늘의 별 따기였다. 그러니 안면 있는 사람끼리 꿋꿋하게 남아 자리를 지켰다. 회사 역시 절차대로 대기 발령 카드를 꺼냈고 한 달 동안 대치 상황이 이어졌다.

아슬아슬한 평화도 잠시, 머지않아 사달이 났다. 회사 동료 한 명이 목숨을 끊었다. 도저히 견딜 수 없는 일상이었으니 같은 시간을 견딘 경험이 있는 모두가 그 심정을 이해할 수 있었다. 그간의 사정을 상세히 써둔 유서가 공개되면서 회사는 아수라장이 되었다. 그런데도 회사는 남은 민심마저 싹 잃으려고 작정한 듯 굴었다. 유가족에게 위로는커녕, 며칠 전부터 동료의 근무가 태만했다며 일을 무마하기에 여념이 없었다. 이를 지켜보던 기호도 무의미하게 잡고 있던 끈을 놓고 사직했다.

"내가 나한테 배수진을 친 거지."

갑작스러운 결말이었다. 그 역시 처음에는 담담하게 과거를 이야기했지만 말을 할수록 감정이 되살아나는지 점점 분노가 담겼다.

그는 오가다 안면만 있던, 밥 한 끼조차 먹어본 적도 없는 후배의 장례식장을 상주처럼 지켰다. 형제도, 아내도, 자식도 없는 장례식장에서 노부부와 함께 밤을 꼬박 지새웠다. 그렇게 썰렁한 장례식이 끝나고, 그는 삼 일간 밤낮을 보낸 어르신에게 명함을 건넸다. 퇴직금이라도 받아서 갖다 드리겠다고 굳게 약속했다.

그 후 모르는 번호로 전화가 오기까지는 꼬박 일주일이 걸렸다. 온종일 집에 있어도 이름 불러주는 사람 하나 없었고, 일주일 내내 한마디도 하지 않고 살았으니 오히려 대기 발령 때보다도 그 시간을 견디는 게 고역이던 참이었다. 기다림 끝에 받은 전화기 너머 후배의 부모는 따뜻한 밥 한 끼 대접하고 싶다고 했고, 외로움에 지쳐 있던 그는 순순히 마둑으로 향했다.

"설마 여기가······."

그가 옅은 미소와 함께 고개를 끄덕였다. 마둑에서 하루, 일주일, 한 달을 지내고 결국 가게를 물려받았다. 완벽하게 혼자 남은 그 역시 갈 곳도 없었고, 서울의 빼곡한 빌딩 거리에서 새롭게 일자리를 구하기에는 아무도 원하지 않을 만큼의 나이를 먹었다. 그뿐인가. 고요한 방 안에 홀로 들어앉아 있을 때보다 가게 안에서 어르신들과 부대끼고 손님들의 목소리를 듣는 게 훨씬 사람 사는 것 같았다. 회사와의 오랜 씨름과 고독하게 보낸 시간들 끝에 거짓말처럼 되찾은 활기였다. 그는 노부부를 부모처럼 모셨다. 자식을 잃은 노부부는 소박한 재산조차 물려줄 사람이 없었고, 가게를 돌보기 어려울 정도로 노쇠하자 그에게 모든 걸 일임했다. 얼마 지나지 않아 노부부는 세상을 떠났고, 그는 혼자 가게를 보살피게 되었다. 그러나 그때부터는 점차 사람들의 발길이 뜸해졌다. 현성은 아저씨의 이야기를 들으며 그가 모든 것에 싫증이 난 듯 과묵한 인상이지만, 누구보다 사람에 목말라 있었다는 것을 짐작할 수 있었다. 더군다나 얼마 전까지 대기 발령자 신분이었던 현성이었으니 당시 같은 처지였을 그의 외로움을 단번에 알아볼 수 있었다.

"해철 선배. 제 기억에 있는 유일한 아빠 지인의 이름이에요. 전 그냥 아저씨라고 부를게요."

그는 눈을 한 번 길게 감았다 뜨곤 눈썹을 치켜올렸다. 아주 오랜만에 자신의 이름이 불렸다는 사실이 믿기지 않은 눈치였고, 반가움을 내색하지 않으려 한 일종의 방어적 행동 같았다. 다만 표정 변화를 예민하게 알아차리는 현성에게 그를 숨기는 건 역부족이었다.

"그래."

마둑에 올 때 자주 듣던 이름, 어느 때보다 그 이름을 부를 때 편안해 보이던 아빠의 눈빛이 현성은 불현듯 떠올랐다. 타인과 있을 때 침묵을 깨는 법 없는 현성이 먼저 질문을 던진 건, 자신과 다를 바 없는 처지인 그에게 건네는 최선의 위로였다. 호기심의 총량이 작은 현성은 타인에게 쏟는 에너지도 그만큼 작았다. 할머니를 제외한 타인에게 도통 관심이 없었지만, 늘 무관심과 무표정으로 일관하는 현성에게서 오랜만에 호기심이 반짝하고 빛났다. 현성이 미처 보지 못했던 아빠의 조각들을 해철이 알고 있었으니까.

"그 뒤로 나머지 대기 발령자들은 어떻게 됐어요?"

"나머지도 두 달이 되기 전에 다 떨어져 나갔어. 다들 느끼는 게 있었겠지. 누구처럼 되는 게 전혀 없을 일은 아니겠구나 싶고, 안 그러냐?"

"아빠도 그즈음 나갔겠네요."

"아니. 아마 기호가 가장 늦게까지 버텼을 거다. 그 자리에서 석 달을 채우고 나왔으니까……."

기호는 모든 동료들이 두 손 두 발 다 들고 나갈 때까지도 자리를 지켰다. 대기 발령 중에도 빈틈없이 새로운 사무실 자리를 알아보러 다녔다. 그뿐인가. 참담한 심정 와중에도 어린 현성과 이곳저곳을 다니며 늘 따뜻하게 웃어주던 기호였다.

아빠의 말 못 할 애정이 성큼 다가오자 현성은 목이 메었다. 고단함을 알아보지 못한 죄책감, 그리고 해울로 자신을 보낼 생각만 했을 거란 착각에 미안함이 밀려왔다. 어린 딸을 언제나 평소와 다를 것 없이 대했던 그의 애정 역시 그 크기가 확 와닿았다. 물론 현성 역시 얼마 전 비슷한 일을 겪었기에 더욱 와닿았을 테지만.

중학교 입학을 앞둔 겨울, 현성은 아빠를 따라 마둑에 온 적이 있었다. 놀러 간다는 이야기에 들떴는데 마둑처럼 먼 곳까지 와서 기껏 들른 곳이 술집이라니. 어린 현성은 조금 심통이 났다. 아빠는 회사 선배와 이야기하느라 바쁠 테니 현성은 무얼 하며 시간을 보내야 할지 차를 타는 내내 고민했다. 그런데 마둑은 한가하기는커녕 늦은 시간이 되어갈수록 더 왁자지껄해졌다. 끝내 아빠는 제대로 이야기를 나누지 못하고 가게를 나섰다. 해철과 아빠는 겨우 계산대에 서서 서로의 안부만 묻고 돌아섰다. 여기까지가 현성이 기억하는 마둑의 마지막이었다.

해철이 그 후의 이야기를 늘어놓았다. 기호는 얼마 후 혼자 마둑을 다시 찾았다. 다행히 그때는 영업이 다 끝나가는 새벽녘이라 해철도 아주 오랜만에 기호와 이야기를 나눌 수 있었다. 기호는 재혼한 뒤 현성의 거취 문제로 아내와 갈등 중이었다. 그녀는 처음부터 현성을 해울에 보내고 싶어 했고, 고집 센 기호도 그에 팽팽히 맞섰다. 결국 둘 사이에 아이가 생기면 현성을 해울로 보내기로 합의했다. 기호는 애초부터 그럴 생각이 없었을 뿐 아니라, 아이를 가질 생각도 없었다. 물론 인생이란 게 계획대로 되는 건 하나도 없었지만.

"우리 아빠는 늘 의도치 않게 나를 비참하게 만드네요."

해철의 모든 이야기를 들은 현성이 할 수 있는 거라고는 아빠를 탓하는 말밖에 없었다. 그렇대도 현성의 마음에는 어떤 후련함이 자리 잡았다. 현성이 이제 와서 무언갈 바꾸거나 아빠와 꼬인 것들을 해결하기엔 너무 늦었지만 늘 본인을 따라다니던 비수 같은 말만큼은 드디어 뽑힌 것 같았다. 사람들을 마주할 때마다 본인이 천덕꾸러기가 된 것 같은 기분을 느끼게 만드는 아빠와 아줌마의 그날 밤 대화 말이다. 오래도록 갈고닦던 방어 기제가 한풀 꺾이는 순간이었다.

해철은 아무 말이 없었다. 부녀 관계를 회복할 수 있도록 도우려고 이 모든 이야기를 한 것은 아니었다. 그저 모든 일에는 현성이 미처 보지 못한 일부분이 있고, 눈치껏 헤아려본 조각들이 전부는 아니라는 걸 말하고 싶었을 뿐이었다. 현성은 이야기를 주고받으며 아빠가 얼마나 아저씨를 의지했을지 가늠할 수 있었다. 아저씨는 십 년도 넘게 연락이 끊긴 후배의 소식도 문득문득 궁금해하는 애정을 지닌 사람이니까.

"해울에서는 어떻게 지냈냐. 할머니는 잘 계시고?"

"사연이 긴데……. 간단하게 말하면 겨우 중학교 졸업했고 고등학교는 안 갔어요. 해울에서 유일하게 남은 사람이 할머닌데 할머니하고도 이젠 뭐……."

해철이 어리둥절한 표정으로 왜, 하고 물으며 말끝을 흐렸다. 그건 모조리 생략된 현성의 학창 시절에 관한 질문이기도, 할머니에 대한 물음이기도 했다.

"치매로 요양원에 들어가셨어요."

"그럼 너 혼자서 해울에서 지내냐?"

"아뇨. 대학교 졸업할 무렵에 할머니가 치매 판정을 받으셨고 저는 일하러 서울로 갔어요."

해울에서 보낸 실제 시간들도 지금의 말마따나 가볍게 정의될 수 있다면 얼마나 좋을까 하고 현성은 바랐다.

"오늘도 서울에서 온 거냐?"

"네."

"해울보다 더 먼 길인데, 갑자기 어쩐 일로."

"아저씨랑 아빠가 겪었던 일을 오늘의 제가 또 겪었거든요. 세상이 별로 달라진 게 없나 봐요."

"그게 무슨……"

"대기 발령 조치요. 저도 당했어요. 저는 겨우 일주일 버티다 나와버렸는데, 아빠는 삼 개월을 버텼다고요? 대단한 사람들……. 그런데 뭐, 그저 바로 나가기에는 자존심이 허락을 안 해서 버텼던 거지. 저도 애정은 별로 없었어요. 회사도, 같이 일하는 사람들도."

해철은 눈만 끔벅이며 남은 술을 한 번에 털어 마셨다. 쓰디쓴 맛도 웃음도 배어 나왔다.

"일주일…… 어땠냐."

"음……. 결국 아무도 남지 않고 다 떠나간다는 생각? 지금 아저씨한테 그간 있었던 일을 막힘없이 말할 수 있는 것도 가만히 있으며 할 수 있는 게 과거에 있던 기억을 끄집어내는 것밖에 없어서예요. 결과적으로 일주일 동안 주변의 모두와 멀어졌어요. 어느 곳에서든 뿌리내리지 못하고 늘 떠돌이 생활을 연명했고요. 돌아갈 곳도, 사람도 없는 생활 버터 봐야 달라질 것 하나 없어 짐 챙겨서 나왔…….”

현성이 순간 자리에서 벌떡 일어났다. 그 때문에 테이블은 벌러덩 나자빠졌고 위에 놓인 술병과 작은 유리잔은 산산조각이 났다. 온갖 소동에도 해철은 무덤덤하게 몸을 일으켜 가게를 박차고 나가려던 현성의 덜미를 부여잡았다. 그제야 정신을 차린 현성이 다급히 말했다.

"종이 상자요!"

해철은 가게 안으로 현성을 밀어 넣더니 큰 몸집으로 출구를 막아섰다.

"이 시간에 어딜 가려고. 너 술 마셨잖아. 뭔데 그래.”

"하 씨! 엄마 사진이랑 할머니 만년필이 들어 있어요.”

"그게 어딨는데.”

"골목 헌 옷 수거함 뒤에…….”

"네가 지금 음주 운전을 해서 서울로 간다고 해도 도착하면 이미 아침이다. 어차피 지금쯤 치워질 쓰레기였으면 치워졌을 테고. 수거함 뒤라 해도 남들 눈엔 쓰레기나 다름없는 거 아니겠니. 지금 자고 낮에 가도 달라질 건 없을 거다."

"아저씨가 뭘 안다고 그렇게 얘기해요. 막말로 먼저 죽었다던 그 후배 유품이었어도 이렇게 느긋할 자신 있어요?"

숨을 몰아쉬며 그를 노려봤지만 돌아오는 건 역시나 무덤덤한 표정이었다. 현성이 왈칵 열어젖힌 문 사이로는 차가운 가을의 새벽 공기가 들어왔고, 그 바람에 덥수룩한 해철의 앞머리도 살짝씩 휘날렸다. 그는 미동 없이 가게 문을 닫더니 성큼성큼 들어가 안쪽에 나 있는 문을 가리켰다.

"자고 가라. 안에 방 많아. 예전에 민박집을 했다. 오랫동안 사람이 없어 먼지가 좀 쌓였을 테니 치워줄게. 넌 여기 정리하고 들어오거라."

해철이 유리 파편이 튀어 있는 가게 한복판을 가리켰다. 어수선한 상황 속에서도 한없이 느긋한 그의 모습은 현성이 처음 해울에 내려갔을 때 본 할머니를 떠올리게 했다. 아무리 쏘아붙여도 늘 덤덤하고 쉬이 분노하지 않는, 결국 자신이 백기를 들게 만드는 할머니 말이다.

***

차가 막힌 탓에 꼬박 반나절이 걸려 해울에 도착했다. 명절이면 밥 한 끼 먹으러 잠시 들렀던 곳이었는데, 아주 있겠다고 생각하니 기분이 묘했다. 현성의 이삿짐을 옮겨야 한답시고 활짝 열린 파란 대문 덕에 마주한 해울 집의 풍경은 생전 처음 보는 것 같았다. 꽃길을 따라 있는 앞마당과 이어진 수돗가와 평상, 엉성한 모기장이 달린 현관문과 집 뒤로 펼쳐진 넓은 크기의 텃밭. 무심결에 지나칠 평범한 시골집 풍경이었다. 그러나 평상 위에 길게 늘어진 엉성한 그늘막 덕분에 이곳이 할머니 집이라는 걸 알 수 있었다. 지난 추석, 혜욱 삼촌은 땡볕에 그을린 할머니의 얼굴이 마음에 걸렸는지 그늘막을 만들겠다며 일을 벌였다. 안 쓰던 방수포를 가져와 평상 위에 야트막한 지붕을 만들었는데 엉성하게 만들어진 그늘막은 해가 지나자 폭삭 내려앉았다. 그 탓에 앞마당은 어딘가 부자연스러웠는데, 할머니는 그늘막을 손볼 생각이 요만큼도 없어 보였다.

현성은 평상과 맞닿은 담벼락에 기대어 앉았다. 집 풍경을 보고 있노라니 모든 게 어색해 이리저리 눈을 굴리자, 할머니와 아빠가 분주하게 움직이는 모습이 눈에 들어왔다. 아빠는 용달차 아저씨와 전에 쓰던 침대와 책상 같은 큰 짐들을 나르느라 바빴고, 할머니는 저녁 준비를 하고 있었다. 비록 현성이 고집한 일이었지만 눈앞에서 벌어지는 일이 실제인지 믿기지 않았다. 앞으로 해울에서 학교에 다니고 하루 종일 시간을 보내야 한다고? 괜히 해울로 내려오겠다고 했나. 명절에 내려오던 해울은 마냥 근사하고 아늑해 보였는데, 눌러산답시고 집 안 곳곳을 둘러보니 낡고 헤진 틈이 눈에 띄었다.

 몇 없는 현성의 이삿짐 정리는 금방 끝났지만 아빠는 다음 날까지 남아 현성의 전학 수속을 마무리 지어야 했다. 아빠는 방에 쌓인 먼지를 다 없애겠다는 듯 걸레를 들고 이곳저곳을 닦았지만, 현성에겐 그 모습이 죄책감을 털어내려는 자세 같아 마냥 불편했다. 그날 현성은 바뀐 잠자리가 어색해서 선잠을 자듯 내내 뒤척였고 거실에서 들리는 코골이 소리에 아빠는 이제 후련한가 싶어 못내 서러웠다.

 잠을 설친 현성은 일찍부터 할머니가 다려놓은 교복을 입고 아빠를 기다렸다. 차에 오르기 전 기호는 딸의 교복 입은 모습을 한동안 바라보더니 시동을 걸었다. 해울 시내에는 두 개의 중학교가 있는데 가까이 붙어 있는 두 곳이지만 분위기는 전혀 딴판이었다. 한 곳은 분위기도 학교 시설도 좋아서 모두가 원했지만, 나머지 한 곳은 시내에 있는데도 모두가 꺼렸다. 심지어 해울에 살던 이들도 그 중학교에 배정되면 위장 전입을 해서라도 다른 동네에 있는 중학교로 진학했다.

 그래서 할머니는 더더욱 현성의 전학을 말렸다. 해울에 오는 걸 반대하는 건 아니지만 당장 말고 자리가 날 시점에 오라고 했다. 그런데도 현성은 모두가 피한다는 그 중학교보다 아줌마와 아빠가 있는 집이 더 무서웠다.

 곧장 전학 수속을 마무리 지으려 앞장서는 아빠를 따라

걷던 현성은 할머니가 왜 이 학교를 극구 반대했는지 단번에 알아차렸다. 서울과 달리 복도에 있는 누구나 진한 화장을 하고 있었고, 맨얼굴은 현성뿐인 듯했다. 그래서인지 현성은 어딘가 벌거벗은 것처럼 부끄러웠다. 그뿐인가. 무릎에서 찰랑이던 치마는 주변과 비교하자 마치 발목까지 내려앉은 것 같았다. 발가벗겨진 것 같기도, 꽁꽁 싸맨 것 같기도 한 기분으로 현성은 아빠 뒤만 졸졸 따라갔다.

반을 배정받고 마주한 담임은 반들반들한 풍채와 달리 아주 피곤해 보였다. 기호는 그에게 딸을 잘 부탁드린다는 인사를 건넨 뒤에, 현성의 손을 한 번 꽉 움켜쥐고 자리를 벗어났다. 현성은 오기와 배신감에 얼굴을 보여주지 않으려 고개를 푹 숙였다. 아빠가 교무실 문을 닫고 나가는 소리가 들리자 그제야 고개를 들었다. 다행히 아빠는 뒤돌지 않고 유유히 빠져나갔는데 늘 거대했던 어깨가 교무실 창문을 지나치는 순간은 한없이 가냘파 보였다.

"차현성?"

뒤로 훅 넘어가는 의자에 앉은 담임은 아빠를 상대할 때와는 다르게 마냥 달갑지 않은 자세로 현성의 이름을 불렀다.

"사고 치지 말고. 전에 학교 성적 보니까 웬만큼 공부는 했네. 여기서도 놀지 말고 공부해, 알겠지?"

종이 울리자 그는 현성을 데리고 갔다. 활짝 열린 앞문 문턱을 밟기 전, 속에서 뜨거운 응어리가 올라왔다. 왜 이럴까. 어떻게 여기까지 오게 됐지. 해울에 오고 싶지 않았는데. 그래, 그렇다고 아빠와 있을 수도 없었지.

현성에게는 지금 딱히 갈 곳도, 이 감정을 이야기할 사람도 없었다. 그리고 그걸 깨닫자 울컥 눈물이 났다. 다행히 그때까지도 왁자지껄한 교실과 출석부를 내리치며 지르는 담임의 고함 탓에 전학생의 존재감은 묻혀버렸지만.

"자, 전학생이 왔다. 괴롭히지 말고 사이좋게 지내고. 전학생은 자기소개해봐."

집중되던 시선들이 잠시 멈칫하는 게 보였다. 현성은 그간 쌓인 억울함과 분노에 울음을 그치지 못한 채 몇 분을 소리 없이 울었다. 앞에 있는 아이들은 묘하게 비웃음이 섞인 채로 수군거렸고, 그는 귀찮다는 듯 한숨을 쉬었다.

"자기소개는 다음에 하는 걸로 하고. 차현성 네 자리는 쩌어기. 빈자리 보이지?"

그 뒤로는 모든 게 다 버거워 책상에 고개를 묻었다. 처음에는 한없이 집중되는 관심과 시선을 감내할 자신이 없었지만, 조금 지나자 선잠을 잔 탓에 긴장이 풀려 눈꺼풀이 무거워졌다. 다시 눈을 뜬 건 누군가 책상을 두드리는 감촉에서였다. 고개를 들자 또다시 모두가 바라보고 있는 탓에 꿈을 꾸는 줄 알았다. 비몽사몽 자리에서 일어나던 현성에게 익숙한 음성이 고함을 쳤다.

"누군가 했더니 차현성, 너냐? 전학 온 첫날부터 잠만 자고 있네!"

현성은 그제야 부스스한 머리를 정리하고 고개를 들었다. 종례가 끝나자마자 쏜살같이 나와 집까지 쉬지 않고 걸었다. 초가을 오후라 선선한 바람이 부는데도 평상에 있던 할머니는 전까지 텃밭을 가꿨는지 목덜미에 두른 수건은 흠뻑 젖었고, 옷 군데군데 흙투성이 얼룩이 졌다.

"현성이 왔냐아."

현성은 대꾸 없이 앞마당을 가로질러 바깥까지 다 들리도록 방문을 쾅 닫았다. 옷을 벗지도 씻지도 않고 수면제를 먹은 양 계속 잠만 잤다. 일주일 내내 눈뜨면 보이는 현실을 부정하고 싶어 잠에만 빠져 살았다. 그러던 주말 저녁, 할머니는 보다 못했는지 현성의 등을 세게 두드리며 단잠을 깨웠다.

"나와서 밥 묵어야."

그놈의 밥이 뭐라고. 겨우 일어난 현성이 부엌으로 나가자 할머니는 밥솥에서 갓 지은 쌀밥을 밥공기에 덜었다. 오랜만엔 먹는 따뜻한 밥에 설렌 탓에 급하게 한술을 뜬 현성은 잇몸이 녹아내릴 것 같은 뜨거움에 눈물이 핑 돌았다.

"입 다 델 일 있어? 밥이 이게 뭐야. 안 먹어."

무안함을 숨기려 퉁명스레 식탁에서 일어났지만 오랜만에 먹은 따뜻한 밥 한 숟갈 때문일까, 밤중에 뒤늦은 허기가 밀려왔다. 할머니가 잠든 시간임을 확인하고 거실로 나가 뭐라도 먹을 게 있나 뒤져보려 했는데 식탁 한가운데에 덮개가

썬 밥과 반찬이 있었다. 그때는 자존심을 따질 여력 없이 허겁지겁 해치웠다.

다음 날 아침, 뒤늦은 창피함에 조심스레 방문을 열자 할머니는 거실 복판에서 텃밭에 나갈 채비를 하고 있었다. 현성은 인사는커녕 화장실로 곧장 들어갔다. 괜스레 할머니가 친한 척을 하진 않을까 걱정됐는데 역시나였다.

"현성이, 니도 농사일 거들어야제."

할머니는 흙이 묻은 장갑을 건넸고 현성은 최대한 쌀쌀맞게 대꾸할 말을 찾았다.

"얹혀살고 있으니 내가 먹은 밥값은 하라는 거예요? 나 그럼 밥 안 먹을게요."

할머니는 화가 나거나 울컥한 기색 없이 물끄러미 현성을 바라보았다. 할머니가 먼저 현관문을 열고 나가기 전까지 현성도 지지 않으려는 듯 꼿꼿이 섰다. 현성은 할머니 역시 아빠와 아줌마가 약속한 것처럼 어느 시기가 되면, 혹은 어떤 행동이 그를 자극하면 기다렸단 듯이 자신을 다른 곳으로 보내지 않을까, 하고 의심에만 둘러싸여 있었다.

현성이 택한 최선은 철저히 고립하는 것이었다. 누군가에게 정을 주면 그만큼 상처받는 게 확실해 보여서. 그 후로 현성은 미처 보지 못하고 지나쳤을 남들의 표정을 하나하나 새기며 하루를 보냈다. 유일하게 풀어질 수 있는 공간은 방문을 닫은 채 홀로 있는 방이었다. 경계를 곤두세울수록 세상은 피곤해졌고 곁에는 아무도 없었다. 특히나 가장 오랜 시간을 붙어 있는 할머니에겐 더더욱 날을 세웠다. 가령 이런 식이었다. "내가 싫죠. 엄마를 죽인 거나 다름없으니까." 혹은 "언제까지 데리고 있기로 아빠랑 약속했어요? 날 다가오면 미리 귀띔 좀 해주세요. 나도 마음의 준비는 해야 하니까요." 그러면 할머니는 반응 없이 뒤돌아 갈 길을 갔고, 현성의 시선 끝에는 작은 키인데도 넓고 단단해 보이는 어깨가 있었다. 할머니의 눈빛과 강인함은 현성에게 묘한 도전 의식을 불러일으켰다. 현성은 시간이 지날수록 더 모진 말을 내뱉으며 결국 할머니도 자신을 버릴 것이라는 무의미한 확신을 얻으려고 했다. 그런 허상은 현성을 더 철저하게 고립시켰지만.

학교생활도 별반 다를 바 없었다. 간혹 태도를 지적하는 수업을 제외하고는 고개를 푹 숙인 채 엎드려 지냈다. 다가오는 사람은 아무도 없었지만 아주 이해 못 할 일은 아니었다. 어딘가 진하게 사연이 있어 보이기도, 그래서 말을 걸기가 두렵기도 하겠지 싶었다.

그렇게 한 학년이 끝나는 듯했다. 그 무렵 난방이 제대로 들지 않는 교실은 꽤 추웠다. 현성은 늘 그랬듯 엎드려 있었고 갑자기 귓가에서 폭발하듯 쾅 소리가 들렸다. 고개를 드니 창이 있는 왼편으로 늘 모여 있던 무리가 보였다. 그들이 현성의 책상을 주먹으로 내리친 것이었다. 쉬는 시간인데도 주위에 있던 모두가 숨죽여 현성이 있는 쪽을 바라보고 있었다.

"야."

현성이 소리를 따라 물끄러미 바라보자 뭐 하나 웃긴 게 없는데도 그들은 깔깔댔고, 그중 한 명이 현성의 이마를 툭툭 쳤다.

"야, 웃어봐."

몹시 불쾌했지만 현성은 여기서 자신을 도와줄 이가 아무도 없다는 걸 직감했다.

"웃어보라고."

빨리 상황을 끝내고자 웃어보려 했지만 현성은 순간 얼어붙었다. 어떻게 웃는 거였더라. 입꼬리를 살짝 올리고 눈을 감으면 되려나. 오랫동안 웃음을 잃은 얼굴에서는 당황스러움이 그대로 묻어났다. 그들은 더없이 웃기다는 듯 목청 높여 결정타를 날렸다.

"그것 봐. 애들아, 이 새끼 봐. 웃질 않아. 무섭지 않냐?"

몇몇 구석에서 실소와 수군대는 소리가 들려왔다. 현성은 본인을 괴롭히는 무리뿐 아니라 전체에게 구경거리가 된 것만 같아 얼굴이 뜨거워졌다. 삐죽삐죽 새어 나오는 눈물을 들킬 것만 같아 현성은 그 길로 학교를 나섰다. 가는 내내 조롱거리가 된 것 같은 기분이 가시질 않아 고개를 푹 숙이곤 한껏 구부정한 자세로 길을 걸었다. 집으로 가는 골목 어귀는 그날따라 고요했고, 초입에 들어서자 희미하게 노랫소리가 들려왔다. 자신도 모르게 끌던 신발 소리가 거슬릴 만큼 잔잔하고 조심스러운 흥얼거림이었다. 이웃집 담벼락을 짚으며 살금살금 소리를 좇아 다다른 곳은 다름 아닌 할머니 집의 파란 철문이었다.

"외롭게 나만 남은 이 공간, 되올 수 없는 시간들…… 빛바랜 사진 속에…… 내 모습은 더욱더 쓸쓸하게 보이네……."

살짝 열린 대문 틈 사이로 눈 내린 자리를 피해 앉은 할머니의 옆모습이 보였다. 온 얼굴로 햇빛을 받는 듯 하늘을 향해 고개를 치켜들고 눈을 감은 채, 밭일 나갈 때 모자보다도 소중히 챙기던 라디오를 곁에 두고서 말이다. 라디오에선 현성이 들어본 적 없는 가요가 흘렀고 할머니는 가만가만 이를 따라 불렀다.

"이렇게 슬퍼질 땐 노래를 부르자…… 환하게 밝아지는 내 눈물……."

흥얼거리는 가락은 경쾌했지만 어딘가 서글픈 기색이 있었다. 막무가내였던 현성도 철문 틈에 몸을 숨긴 채 노래가 다 끝나기만을 숨죽이며 기다렸다. 늘 강인했던 할머니와는 다른 이질감에 누군가의 심연을 엿보는 금기를 저지른 것만 같은 두려움이 들어서였다.

물론 그 후로도 변할 것 없는 일상이었다. 해가 바뀌었지만 여전히 할머니와는 데면데면했다. 학교에서 겪는 괴롭힘의 강도도 점점 심해졌다. 현성은 집에서도 학교에서도 갈 곳을 잃은 아이였다. 그저 괴롭힘이 묵묵히 견딜 수준을 넘어가면 벌떡 일어나 짐을 챙겨 교실 밖으로 나갈 뿐이었다. 한번 먹잇감이 되자 시작부터 가장 약한 모습을 드러낸 현성을 갖고 노는 일은 전보다 더 쉬워졌다. 그들은 하던 대로 현성을 괴롭혔고, 견디지 못할 선을 넘으면 알아서 자리를 피했다. 할머니는 들쑥날쑥하게 집에 오는 현성을 보고 흠칫 놀란 표정이었지만 무슨 일이 있는지 추궁하진 않았다.

그러던 어느 날이었다. 쉬는 시간 종소리가 울리자 누군가 등을 세게 걷어찼다. 현성은 멍했다. 책상을 발로 차거나 현성의 반응을 보려고 등을 툭 때리는 정도였는데 노골적인 폭력이 시작됐기 때문이었다. 진득하게 차오르는 고통에 고개를 들자 주번으로 보이는 아이가 출석부를 손에 쥐고 현성을 내려다보고 있었다.

"새끼야, 체육이라고 몇 번을 말해. 좋은 말로 할 때 나와라. 너 때문에 혼나면 그때는……."

늘 괴롭히던 무리와는 다른 얼굴이었다. 그 애가 단번에 현성을 발로 걷어찬 건 아이들의 대우를 보고 들은 덕분이리라. 운동장에는 현성을 뺀 아이들과 후줄근한 운동복 차림의 체육 선생님이 삐딱하게 서 있었다.

"차현성? 다음에도 지각하면 운동장 뺑뺑이다. 너 인마, 오늘은 내가 봐주는 거야. 얼른 가서 줄 서."

아이들 사이를 비집고 들어가 자리를 찾았다. 선생님은 형식상으로 몸풀기 체조를 시킨 뒤, 피구 공을 주며 사라졌다. 그러자 익숙하고 지겨운 무리가 현성을 에워쌌다.

"야, 오늘은 현성이도 같이 놀자. 현성이 처음 보는 애들도 있지? 현성이 특기가 안 웃는 거야. 이 새끼는 뭘 해도 안 웃어. 그니까 공 맞았는데도 안 웃으면 계속 살아 있는 걸로 하자. 깍두기 어때."

그렇게 현성은 의지와 상관없이 피구에 참여하게 됐다. 짠 듯이 공을 주고받으며 함박웃음을 짓는 걸 보다 문득 정신을 차리니 선 안에는 어느새 현성만 남겨져 있었다. 빨리 벗어나야겠단 생각이 든 찰나 공이 날아왔다. 의도가 담뿍 담긴 듯 세게 날아오는 공과 함께 그들은 깔깔거렸다.

"야, 현성아. 웃어야지. 우리가 일부러 맞추는 것 같잖아. 안 그래?"

얼마나 더 지났을까. 무슨 표정을 짓고 있는지 떠오르지도 않을 만큼 맞은 곳에 고통이 밀려왔다. 또다시 얼굴로 날아오던 공에 멍한 상태이던 현성은 제대로 피할 겨를도 없이 정통으로 맞았다. 그때였다.

"워매, 현성아!"

익숙한 목소리였다. 처음으로 푹 숙인 고개를 들자 저 멀리 운동장 계단을 바쁜 걸음으로 내려오는 할머니가 눈에 들어왔다.

"이눔의 자식들. 이게 무신 짓이여!"

할머니는 흙투성이가 된 현성의 옷을 툭툭 털었다. 그러고는 조심스럽게 어깨를 감싸 안으며 혼잣말로 욕도 아닌 무언가를 계속해서 중얼거렸다.

"내 새끼가 어떤지도 모르고 말이여. 몰라서 미안허다, 현성아. 가자. 집으로 가자."

할머니는 현성의 얼굴을 찬찬히 쓰다듬더니 칼칼한 악력으로 손을 세게 움켜쥐고는 성큼성큼 걸음을 옮겼다. 할머니 손에 휘청이며 이끌려 간 곳은 집이 아닌 교무실이었다. 벌컥 문을 열어젖힌 할머니가 대뜸 말했다.

"아이고, 슨상님. 내 좀 봅시다. 우리 현성이 아무 잘못 없습니다."

우악스럽게 들이닥친 탓에 교무실에 있던 모두의 시선이 집중됐다. 전에도 현성을 호출했던 그가 당황한 기색으로 엉거주춤 자리에서 일어났다.

"지가 그렇게 사과하고 집에 가는 길에요, 네? 운동장에 현성이처럼 생긴 아가 있어서 혹시나 했는디 아들한테 둘러싸여서 맞고만 있었습니다. 아까는 지가 뭣도 모르고 고개를 조아렸는디 지금은 사과를 받아야겄어요. 담임이라는 사람이 우리 현성이 그래 힘든 줄도 모르고 계셨소? 우리 아한테 와 그랬는지 물어는 보셨소? 내 오늘은 우리 아 데리고 갑니다. 결석 처리를 하든 제적을 하든 슨상님 마음대로 하십쇼

잉. 근데요, 그 아그들한테 사과는 꼭 받아야 쓰겄습니다."

할머니는 울분에 찬 목소리로 교무실이 떠나가라 소리쳤다. 작은 몸에서 어떻게 저렇게 큰 목청이 나올 수 있을까. 할머니 앞에 선 담임은 이 상황을 빨리 모면하고 싶은지 마냥 "네, 네……" 하며 어쩔 줄 몰라 했다.

"지가요, 해울 토박이여요. 여기 계신 슨상님들도 내 아는 언니, 행님들 아들내미 딸내미일 수도 있습니다. 이 동네에 아는 사람이 몇인디, 어디 함 해봅시다."

할머니는 할 말을 다 쏟아내고 다시 현성의 손을 잡았다. 할머니의 거친 손과 딱 벌어진 어깨는 현성에게 여느 때와 다른 안정감을 주었다. 그러고 보니 손주 학교에 온다고 밭일할 때와 달리 화사한 꽃무늬 원피스를 입은 할머니가 눈에 들어왔다. 집에 도착하자마자 할머니는 욕실로 현성을 살짝 떠밀었다.

"욕봤네. 가서 씻고 있어라잉. 밥 내올 텡게."

세찬 물줄기에 수증기가 아지랑이처럼 퍼져 나가자 멍하던 현실의 감각이 올라왔다. 몰아쳐서 맞은 공에 온몸이 욱신거려 모든 행동이 전보다 느려졌고, 한참 뒤에야 물기를 닦고 밖으로 나갈 수 있었다. 뜨끈한 기름 냄새를 집 안에 풍기며 할머니는 식탁에 앉자마자 접시 하나를 내놓았다.

"이거 묵어봐야. 쑥지짐인디, 지금이 딱 제철이여."

기름을 이렇게 흠뻑 적셨는데도 쑥에서는 본연의 향이

배어났다.

"금방 슨상님 전화 왔어야. 괴롭힌 아그들한테 사과를 받게 해준다고 헌다. 니는 어쩌고 싶냐, 아가. 핵교 그만두고 싶으면 그만둬도 뎌. 그런 곳 다녀봐야 뭘 더 배우겄냐."

선뜻 그만두라는 말이 믿기지 않았지만 할머니는 눈을 길게 감았다 뜨며 진심인 양 말을 전했다. 현성이 잠시 그 말에 혹한 건 사실이었다. 다시 학교로 간들 상황이 나아지지 않을 게 분명했다. 그러나 학교에 가지 않는다면 할머니와 내내 붙어 있어야 하는데 그럴 자신도 없었다.

"그리고 인쟈 앞으로 무신 일이 있으면 말을 해라잉. 알겄냐. 혼자 속으로 삭이면 그 불은 안 꺼지고 혼자 애만 타는 거여. 사람이 곁에 있으믄 말을 해야제."

다음 날 언짢은 듯 사과를 건넨 애들은 전보다 더 교묘하게 현성을 괴롭혔다. 달라진 게 있다면 현성이 이제는 또렷하게 눈을 맞췄다는 것이다. 기댈 구석이 생겼다는 안정감은 현성이 뿜어내던 유약한 기운을 바꾸어놓았다. 이제 현성은 고개를 푹 숙이지도, 전처럼 문밖으로 나가지도 않았다. 갑작스럽게 달라진 태도에 기대하던 반응이 나오지 않자 부질없는 괴롭힘은 얼마 안 가 사그라들었다. 그렇게 우여곡절 많던 중학교 생활이 끝나고 현성은 겨우 졸업장을 받았다.

고등학교에는 가지 않기로 했다. 해울같이 좁은 지역에서 고등학교에 간다는 것은 학교와 교복만 바뀐 채 매일 보던 아이들과 그대로 올라간다는 뜻이었다. 그들을 피하려면 다른 도시에 있는 고등학교로 진학해야 했다. 그러려면 기숙사에 가야 했고 현성은 어딘가로 옮기는 것에 한참 지쳐 있었다. 이를 아는 할머니 역시 고등학교에 가지 않겠다는 선언에 고개만 끄덕일 뿐이었다.

길고 긴 겨울 방학이 끝나고 남들은 다 고등학교에 입학하던 첫날, 뒷마당에 쪼그려 앉아 텃밭을 가꾸던 할머니는 현성에게 호미를 던졌다.

"너도 도와라."

군소리 없이 호미를 받아 든 현성은 곁눈질로 본 손놀림을 흉내 내며 할머니와 장단을 맞췄다. 할머니는 현성의 손놀림이 마뜩잖았는지, "이래, 이래 하는 거여" 하며 밭일을 가르쳤다. 그렇게 봄이 지나 여름의 푸르름이 한층 짙어지면서 현성이 그어놓은 무언의 선도 점점 옅어졌다.

할머니의 일상은 매일이 충만했다. 부지런하고 반복적으로 텃밭을 가꾸다가도 라디오에서 좋아하는 노래가 들리면 평상에 가만히 앉아 콧노래를 흥얼거렸다. 남는 시간에는 집을 청소하고 갓 딴 재료로 식사를 준비했다. 매일 먹는 밥상을 뭐 하러 정성스레 차리고 치우는지, 텃밭에는 왜 그렇게 많은 작물을 기르는지. 사실상 둘이 먹는 양보다 차고 넘치게 심고 길러서 남은 건 전부 다 이웃들에게 주며 처리해 버리는데.

"할머니, 나 때문에 매번 식사 준비하는 거예요? 안 그래도 되는데."

할머니는 길게 꼬랑지처럼 내려온 참외 껍질을 뚝 하고 떼서 검은 비닐에 넣으며 물끄러미 현성을 올려보았다.

"현성이, 너 때문에 그런 것이 아니여. 내 낙이다. 벨 거 없는 내 낙이여."

"왜요?"

"남편…… 아이다. 너이 할아버지, 그이가 백혈병으로 간 건 알제?"

어렴풋이 들었던 기억이 났다. 크게 고개를 끄덕이며 현성은 이어질 할머니의 말을 기다렸다.

"꽤 오래 아팠응게 나는 집에 붙어 있을 날이 없었제. 그이가 병원에 입원해 있으면 간병허고, 무균실에 들어가 있을 적에는 밖에서 돈을 벌어야 썼다. 그이가 퇴원하면 집에서 온종일 붙어서 쓸고 닦아야 허고."

그제야 현성은 할머니가 왜 그렇게까지 청소에 집착하는지 이해가 갔다. 어릴 적 읽었던 책에서는 백혈병이 환자뿐만 아니라 보호자에게도 큰 고통이라고 했다.

"그러니 집구석에서 밥을 할 새가 있긴 하겠냐잉. 그나마 병원 밥이 하도 부실해서 하는 거제. 그러니 혜선이고 혜욱이, 혜정이 끼니를 챙기기는커녕 내 밥도 제대로 챙겨 묵은 적이 없다. 늘 누구 챙기고 남은 잔반을 처리한답시고 먹었응께. 그래서 그이 가고 다짐한 거여. 어떻게 되든 내 한 끼니 제대로 챙겨 묵으면서 오늘 하루도 내 구실 잘해냈다 하자고."

"텃밭도 그래서 가꾸는 거예요?"

"그라제. 그이 죽고 아들도 다 서울로 가분게. 처음 혼자 있는데 뭘 해야 할지 모르겠더만. 그래가즈고 폐허로 있던 뒷마당 싹 다 밀어불고 텃밭으로 가꾸기 시작한 것이여."

"그러면 좀 적게만 심어도 되잖아. 왜 이렇게 뭘 많이 심어?"

"그때는 젊었응께 이걸 혼자 다 해도 힘든 줄 몰랐제. 시간이 지날수록 벅차긴 허다잉."

"그럼 남는 건 팔면 안 돼?"

"이거를? 누가 이걸 제값 주고 사것냐."

"맨날 남의 집에 퍼주기만 하고……."

"다 노나 먹는 거여. 혼자 사는 것도 아닌디."

"앞집 할머니는 코딱지만 한 밭에서 대파랑 양파 키워다가 장에 팔러 나가잖아."

할머니는 그 말을 끝으로 더 이상 대화를 이어 나가지 않았지만 현성이 보기엔 어딘가 솔깃한 눈치였다. 다만 그 뒤로도 변한 것 없이 텃밭을 가꾸었고 현성 역시 그날의 대화가 가물가물해졌다. 그러던 어느 날, 저녁 밥상 위로 할머니는 두꺼운 검은색 노트를 턱 하고 내려놓았다.

"이게 뭐야?"

"장부여."

현성이 눈을 크게 떴다. 과수원집 장남인 할아버지는 백혈병을 앓기 전까지 중앙시장에서 과일을 팔았다고 했다. 결혼한 뒤에 과수원을 홀로 도맡았으며 과일 가게는 할머니가 대신 맡게 되었는데, 그때 쓰던 장부였다. 그 시절 할머니는 길거리에 간판을 간신히 읽을 정도의 문맹이었다. 그래서 할머니에게 가게를 맡긴 후로 할아버지는 직접 장부 정리하는 방법을 하나하나 알려주었다. 잉크가 굳어 나오지 않는 만년필을 보며 "할머니, 이거 못 쓰겠는데?" 하자 펜촉을 뜨거운 물에 담가 금세 만년필을 살려냈다.

"현성이 니 말처럼 장사할라 근다. 내가 해울 토박이 아니냐. 시장에 친한 쌀집 동상이 자기 가게 앞에서 팔아도 된다고 헌다. 해봐야 푼돈 벌이겠지만 그래도 현성이 니 말 듣고 나니 보상이 있으면 키우는 재미도 더 좋을 것 같네. 니도 앞으로 시장 가는 날은 거들어라잉. 나머지 때는 검정고시 준비허고."

그 뒤로 현성의 일상도 많이 변했다. 시장에 가는 날은 들쑥날쑥했고, 나가지 않는 날이면 땡볕이 아닌 방에서 검정고시 공부를 했다. 그러다 텃밭 작물이 적당히 팔 정도로 자라면 할머니와 함께 달구지 한 트럭만큼을 수확해 손질을 도왔다. 그 모든 일을 할 때 라디오 소리가 공백을 메운 것도 잠시, 시간이 지날수록 라디오 소리 대신 할머니와 현성의 말소리가 공백을 채웠다.

꼭두새벽부터 차를 타고 나가는 것도, 길바닥에 얇은 돗자리를 깔고 앉아 엉덩이가 배기는 것도, 한여름이면 온몸에 달려드는 모기도, 몇 푼 되지 않는 돈을 깎아달라고 우기는 사람들도 현성은 생각보다 힘들지 않았다. 가장 버거웠던 건 해울 토박이라는 할머니 말마따나 그 옆에 붙어 있는 앳되고 낯선 얼굴인 현성에게 관심이 쏟아진다는 사실이었다. 시장에 간 첫날에는 모두가 현성의 얼굴을 훑으며 지나갔고 더한 몇몇은 "네가 현성이구나" 혹은 "고등학교 안 가고 이래 야채만 팔고 있어도 되겠나" 하며 참견했다. 다행히 현성이 툴툴거리기도 전에 할머니가 먼저 나섰다.

"야가 내가 말한 손녀딸이어요. 을매나 똑부러지는지. 학교에 가서는 딱히 배울 것도 없어서 안 가버렸잖소. 학교 밖에서도 배울 게 을매나 많은지 행님도 다 아시면서, 안 그런다요?"

은근한 무시에도 도리어 자신 있고 떳떳한 두둔에 다들 멋쩍은 듯 지나갔다. 장사가 잘되는 날에는 점심이 되기도 전에 모든 채소가 다 팔렸지만 시장이 끝날 무렵까지 남은 건 저녁 반찬이 되었다. 시장에 다녀온 밤이면 할머니는 돋보기안경을 쓰고 그날 판 내역을 정리했다. 한 달 생활비도 되지 않는 푼돈을 뭐 하러 그렇게 열심히 정리하냐며 늘 말렸지만 할머니는 완강했다.

"그이 있던 시절부터 들인 버릇이여. 요로코롬 해야 하루 장사가 마무리되제."

허투루 하는 것 없이 매일을 그렇게 성실히 살던 할머니는 조그마한 일 년치 장부 수첩 다섯 권을 채웠을 무렵 치매 판정을 받았다. 현성이 검정고시를 통과하고 해울 근처 도시에 있는 전문대 회계학과를 졸업할 때쯤이었다. 사실 현성도 낌새를 아예 눈치채지 못한 건 아니었다. 할머니는 어느 순간부터 이상해졌다.

"혜정아, 얼릉 나와라. 미적거리지 말고!"

할머니는 줄곧 현성을 혜정이라고 불렀다. 현성의 엄마이자 할머니의 막내딸. 현성을 낳고 먼저 세상을 떠난 사람. 할머니가 계속해서 자기를 죽은 엄마로 부르자 불안함을 감지한 현성은 이상한 상황을 외면하려 미루고 미루다 결국 혜선 이모에게 연락했다.

혜선 이모와 혜욱 삼촌은 할머니와 같이 지낼 수 있다는 현성의 말을 무시하고 요양원을 알아보러 다녔다. 해울의 산골 끝자락에 있는 요양원을 찾아 기어이 할머니를 입원시키자 나머지 일은 빠르게 진행됐다. 시장에 갈 때마다 할머니가 운전하던 차와 집에 있던 가구와 가전제품을 정리한 돈 모두 현성에게 넘어왔다. 허름한 집을 정리한 푼돈으로 서울에 집을 찾기엔 턱없이 부족했고, 그때까지 현성이 모은 돈은 한 푼도 없었다. 할머니 곁에서 그럴 필요성을 느끼지 못했으니 말이다. 결국 이를 딱하게 여긴 이모와 삼촌이 조금씩 보태준 돈으로 현성은 지금의 낡은 동네에 간신히 발을 들였다.

해울 집을 정리하면서 가장 먼저 손이 갔던 건 현관문 옆 신발장에 있던 엄마의 사진이었다. 할머니가 평상에서 옛날이야기를 할 때마다, 치매가 진행된 뒤 자신을 혜정이라고 부를 때마다 현성은 그 사진을 유심히 들여다보았다. 한 번도 본 적 없는 엄마의 얼굴을 실제처럼 떠올리려 애썼다. 사진 속 엄마는 드넓게 펼쳐진 풀밭 위에서 샛노란 원피스를 입고 해맑게 웃고 있었다. 할아버지가 돌아가시고 세 남매가 서울로 상경하기 전, 네 가족이 처음이자 마지막으로 미령고개에 여행을 갔던 때라고 했다. 만년필과 엄마의 사진이 담긴 액자는 현성이 해울에서 가진 기억을 가장 먼저 떠오르게 하는 도구였다.

한여름 밤의 꿈

예전에는 민박집 장사가 꽤 잘 되었던 모양이었다. 민박집은 직사각형의 작은 아스팔트 마당을 둘러싼 구조였는데, 해철이 사는 방을 빼고도 방이 다섯 개가 더 있었다. 뒤쪽으로 나 있는 공터에는 해울 집만 한 크기의 텃밭이 보였다. 어제 주방에서 봤던 재료가 왜 그렇게 푸릇했는지 알 것 같았다. 현성은 고민 끝에 안주머니에 있던 지갑에서 오만 원을 꺼냈다. 현성은 식당으로 돌아와 테이블 위에 돈을 올려두고 자리를 벗어났다.

휴게소 한 번 들르지 않고 동네에 도착했다. 현성은 계단을 다 오르기도 전에 전날 밤까지 쌓여 있던 쓰레기 더미가 말끔해진 것을 멀찌감치서 보고 종이 상자 역시 없어졌으리라 직감했다. 해철의 말을 듣지 않고 무슨 수를 써서라도 올라왔으면 찾을 수 있지 않았을까.

역시나 상자는 온데간데없고 물을 마시던 고양이 한 마

리가 현성을 보자 쏜살같이 달아났다. 혹시나 분실물로 접수됐을 리는 없을까 일말의 기대감으로 현성은 한참을 고민하다 이내 경찰서에 문의하려고 핸드폰을 들었다. 현성에겐 먼지 쌓인 차와 같은 물건이었다. 한동안 쓰지 않아도 전혀 이상할 것 없었다. 그러나 간만에 들여다본 핸드폰에는 모르는 번호로 걸려 온 부재중 전화 여러 통과 메시지 한 통이 와 있었다.

안녕하세요. 상자 안에 있던 명함 보고 연락드립니다. 문자 확인하시면 '한여름 밤의 꿈'으로 찾아와주세요. 버리는 물건 같지 않아서 보관하고 있겠습니다.

이 동네에서 산 지 꽤나 오래되었지만 상호명이 낯설었다. 처음 듣는 곳이었다. 잠시만. 위치를 검색해봤다. 오며 가며 볼 수밖에 없는 곳인데 혹시 어제 지나치면서 본 그곳일까? 가게에 도착하자 어제 봤던 것처럼 테라스 창문은 훤히 열려 있었지만 역시나 창가에 빽빽하게 놓인 화분이 가게 내부를 가리고 있었다.

테라스를 가득 메운 식물은 아마도 고무나무와 금목서일 것이다. 둘 다 해울 앞마당에 있던 식물이어서 멀리 떨어져 있어도 알아볼 수 있었다. 고무나무는 잎이 넓적하면서 시원시원하게 생겼고, 금목서는 만리향이라는 별명을 가질

만큼 멀리서도 존재감이 강했다. 그래서인지 가을이 되면 할머니에겐 금목서 향이 짙게 배었다. 그리고 지금, 현성이 서 있는 골목에서도 익숙한 냄새가 났다. 현성은 상자를 보관하고 있다는 가게 주인의 외양이 더욱 궁금해졌다.

"식물 키우는 사람치고 성격 드러븐 사람 본 적이 읎어."

"파하하, 그건 할머니 자랑 아니야? 어떻게 그렇게 확신해."

"식물을 키우면 제때제때 물을 줘야 되니께 남들보다 조금이라도 더 부지런할 수밖에 읎다. 부지런하면 그만큼 가질 수 있는 정의 크기도 크제. 관심을 쏟고 애정을 줄 힘이 더 있응께. 혹 시들허면 뭣이 문제일까 고민도 해야 되고. 안 그냐?"

할머니는 본의 아니게 자기를 높이는 듯한 말이 본인도 우스웠는지 한동안 껄껄 웃었다. 현성은 그 대화를 곱씹으며 계단을 올랐다. 두꺼운 문을 비집고 들어가자 금목서 향이 훅 풍겼고, 현성은 가게 주인이 가을이란 계절을 누구보다 빠르게 느낄 수 있겠구나 싶었다.

"어서 오세요, 한여름 밤의 꿈입니다."

바 테이블 아래에서 무얼 찾고 있던 참이었는지 사람의 형체가 불쑥 솟아올랐고, 화들짝 놀란 현성은 숨을 가다듬으며 인상을 살폈다. 현성의 또래로 보이는 여자였다. 할머니의 취향을 연상시킨 터라 못해도 해철의 나이는 될 줄 알았는데. 푸른색 셔츠는 손목 단추를 풀어 팔꿈치까지 걷어 올렸고, 높게 묶은 머리는 작은 움직임에도 찰랑거렸다. 워낙 키가 크고 마르기도 했지만, 현성을 보며 짓는 눈웃음이 얇고 긴 선을 더 부각시켰다.

혹시나 오지랖 넓고 부담스러운 해울 시장 어른들 같으면 어쩌나 걱정했는데 오히려 다행이었다. 용건만 간단히 해결하고 나올 수 있을 것 같았기에.

"안녕하세요. 문자 보고 왔습니다. 상자 보관하고 계시다고 해서요."

"아, 어머!"

그는 유달리 현성을 위아래로 훑었다. 경계심 가득한 시선은 처음 겪는 바가 아니었지만 언제나 불편했다.

"어…… 그런데 상자 주인분 맞으세요?"

"네, 왜요?"

"저는 액자 속에 계신 분이 오실 줄 알았거든요. 많이 달라서요."

"찾아주신 건 고마운데 상자 안을 다 열어보셨나 봐요?"

그러자 그는 당황한 듯 줄줄이 변명을 이었다.

"앗, 아뇨. 저도 가게 쓰레기를…… 헌 옷 수거함 뒤에 두신 건 맞죠? 안에 간식 같은 게 있었나 봐요. 길고양이들이 울고 있어서 보니 종이 상자가 있더라고요. 버리는 건 아닌 것 같고 잠깐 놔두기에는 고양이들이 다 물어 갈 것 같아서 들고 왔어요. 제가 실례했다면 죄송해요."

"아니요. 괜찮으니까 상자 주세요."

"그러면 하나만 더 확인하고 드릴게요. 안에 명함도 있던데 성함이 혹시……."

"차현성이요. 됐죠."

그러자 그는 반색하며 주방 뒤편으로 가더니 상자를 들고 나왔다. 그의 말마따나 길고양이의 흔적으로 상자는 간신히 형태만 유지하고 있었다.

"장사하면서 다양한 사람들을 만나다 보니 몇 번이고 확인하게 되네요. 안에 한번 살펴보세요. 물건 빠지지 않고 다 잘 있나."

살필 건 없었다. 해진 상자도, 물에 젖어 축축한 액자도 말이다. 현성은 재빨리 상자 바닥을 손으로 훑었지만 익숙한 만년필의 감촉이 느껴지지 않았다. 한숨을 내쉬며 바 테이블 위에 하나하나 물건을 늘어놓았다. 남의 가게에서 저 사람이 뭐 하는 건가 싶겠지만 어쩔 수 없었다. 그 와중에 눈길이 닿은 건 그의 가슴팍에 달린 이름표였다. '리버'라고 적혀 있다. 딴생각도 잠시, 물건을 다 꺼냈는데도 만년필이 보이지 않자 현성은 엇, 하고 자신도 모르게 소리를 내었다.

"뭐 없어진 것 있으세요?"

"여기 만년필이 있었는데……."

"아, 맞다! 만년필은 제가 따로 보관하고 있었어요. 종이 상자가 엉성해서 만년필이 자꾸 떨어지더라고요. 고양이들이 건드렸는지 잉크가 다 메말라 있어서 물에 담갔다가 말리고 있었어요. 잠시만요."

여러모로 할머니와 많은 게 겹치는 사람이었다. 만년필, 금목서……. 그때 문에 달린 종소리가 울렸다. 허름한 동네 이 층에 있는 칵테일 바를 어떻게 알고 왔나 싶을 정도로 여러 명이 왁자지껄하게 가게를 채웠다. 사장은 현성에게 잠시만 기다려달라 눈짓하고 손님들을 테라스 자리로 안내했다. 현성은 그가 주문받고 들어오면 만년필을 받고 나갈 생각에 테이블 위에 늘어놓았던 잡동사니를 박스에 넣기 시작했다. 그때였다.

"어? 발레리나 강시현 씨 맞죠?"

주변이 순식간에 고요해진 탓에 현성의 시선이 자신도 모르게 테라스로 향했다. 중년 남자가 확신에 찬 눈빛으로 질문을 던지고 있었다. 이미 그의 눈빛만 보면 답은 나와 있는 결과 같았다.

"맞으시죠? 저 문산일보 기자입니다. 저번에 국립 발레단 은퇴하신다고 하셨을 때 인터뷰 요청했었는데 아예 연락을 안 보시더라고요?"

그러자 리버의 얼굴이, 아니 강시현이라는 사람의 얼굴이 티 나게 일그러졌다. 그도 참 표정 관리는 젬병이구나 싶었다. 자신을 기자라고 소개한 이는 상대방이 노골적으로 불쾌한 티를 내는 데도 모른 척하며 주절거렸다.

"아유, 그 뒤로 발레계에서 소식도 없으시고. 듣자 하니 방송에서도 섭외 요청이 종종 갔다던데 일절 답이 없으시다고 하던데. 여기 계셨어요? 들어올 때 긴가민가했는데 아직도 발레리나 태가 나시네."

멀찍이 떨어진 현성도 시현을 위아래로 훑는 눈동자를 느낄 수 있었다.

"어쩌다가 이런 우연이 있나. 기왕 오늘 만나 뵌 김에 인터뷰하는 거 어때요. 전 발레리나 강시현, 이제는 칵테일 바 사장되다! 타이틀도 딱 맞네."

그는 유쾌한 일을 맞닥뜨린 듯 크게 웃음 지었다. 그와 함께 온 일행들도 덩달아 손뼉을 쳤고, 그 분위기에 어울리지 못하는 건 현성과 시현뿐이었다. 좀 전까지 종알종알 말을 걸던 시현은 그 앞에서 한 마디도 뱉지 못한 채 벌을 받는 것마냥 우두커니 서 있었다.

현성이 차가움과 무례함을 아슬아슬하게 줄타기할 때도 싱긋 웃음 짓던 시현이 이번에는 숨겨지지 않을 정도로 표정을 일그러뜨리자 현성은 그냥 지나칠 수 없었다. 더욱이 가장 큰 이유는 중학생이었던 자신이 친구들의 웃음거리가 되던 순간에 홀로 울고 있던 시절이 떠올라서였다. 해울에서 할머니가 달려왔던 것처럼 현성도 시현에게 다가섰다. 현성이 처음으로 베푼 타인을 향한 호의이자, 더없는 간섭이기도 했다. 현성은 갑자기 든 충동을 말릴 새 없이 걸음을 옮겼다.

"사장님, 제가 주문받을게요. 안에 들어가 계세요."

현성은 기자라는 작자를 뚫어지게 응시하며 시현의 당황스러움과 불쾌함을 눈빛으로 전달하고자 했다. 그리고 그게 꽤 유효했는지 그들은 계속 수군거렸으나 조금 전까지의 요란스러움을 이어 나가지 않았다. 어수선해진 분위기에도 철옹성을 치듯 현성은 주문이나 하라는 양 서 있었다. 무리는 그제야 옆에 있던 메뉴판을 하나둘 꺼내 들더니 눈치를 보며 주문하기 시작했다. 카운터로 돌아간 현성이 길고 화려한 칵테일 이름을 간신히 외워 건네자, 시현은 능숙하게 포스기에 입력하고는 몸을 기울였다. 팔 하나 정도 되는 폭의 바 테이블 끝까지 몸을 기울여서 귓속말하겠다는 몸짓이라 현성도 아주 조금 상체를 기울였다.

"고마워요."

현성은 별다른 동요나 대꾸 없이 가게에 묵묵히 머물렀다. 할머니가 자기 옆에 있어줬듯이 말이다. 그들이 집에 갈 때까지만 자리를 지켜주려는 생각이었다. 불편한 분위기에서 시작된 술자리이니 금방 파할 것 같았는데 예상은 다 빗나갔다. 무리는 오랫동안 자리를 지켰고 그 와중에도 손님은 계속해서 밀려 들어왔다. 무리는 추가 메뉴를 주문할 때면 현성을 불러 손짓했고, 그 모습을 본 다른 사람들 역시 현성을 직원처럼 대했다. 괜한 충동에 이게 무슨 사서 고생인가 싶은 후회가 밀려왔지만 현성은 쓰레기차에 버려질 뻔한 만년필과 엄마의 사진을 보관해준 정성에 대한 보답으로 그 옆에 있어줘야겠다고 생각했다.

기자 양반은 가게 문을 닫을 때가 되어서야 거나하게 취해 돌아갔다. 시현이 뒷정리하느라 정신이 없는 틈을 타 현성도 조용히 나가려고 상자를 들고 자리에서 일어섰다. 그런데 아뿔싸. 헐렁하게 틈이 벌어진 종이 상자 밑바닥이 터지면서 와르르 내용물이 떨어졌다. 와중에 뜯지 않은 소화제 한 박스가 그대로 깨져 바닥으로 유리 파편이 흩어졌다. 좀 전에 마둑에서 있던 일이 겹쳐 보였다. 소리를 들은 시현은 "어머, 어머" 하더니 어디선가 긴 대걸레와 나무 빗자루를 들고 왔다.

"잠시만요, 조심하세요. 제가 먼저 유리 조각 치울 테니까 물걸레질만 해주세요."

그는 성가실 수 있는 상황에서도 웃음을 잃지 않았다. 이리저리 물걸레질을 하고서 결국 몰래 나가기는커녕 시현과 함께 가게 문을 닫았다. 극구 사양했지만 그는 상자 안에 있던 잡동사니를 나눠 들겠다며 가져갔다. 아무 말 없이 터벅터벅 걸어가는 발소리만 새벽 골목을 채웠고, 밋밋한 소리가 지겨워질 때쯤 삼거리가 보였다.

"이리 주세요. 여기 버리면 되니까."

시현에게 건네받은 물에 젖은 흐물흐물한 명함이며, 업무 일지를 적던 다이어리를 갈기갈기 찢어 쓰레기 더미 위로 하나둘 쌓았다. 그러면서도 시현의 집이 어디일까 상상했다. 오른쪽으로 가려던 그는 아마 새로 생긴 아파트 단지에 입주해 있으리라. 현성을 배웅한다고 하기에는 발걸음이 너무 자연스러웠으니까. 더욱이 시현은 길고 높은 계단이 있는 허름한 재개발 구역보다는 오른쪽의 잘 닦인 길이 더 어울렸다. 이런저런 추측을 할 무렵 시현이 다시 말문을 텄다.

"현성 씨, 도와줘서 고마워요. 많은 걸 묻지 않아서 고맙고요."

별것이 다 고마울 일이었다. 그저 궁금하지 않았을 뿐. 오히려 그가 먼저 말을 꺼내니 이제야 궁금해졌다. 발레리나였다는 사실을 이렇게까지 숨기는 이유가 무엇일까. 워낙에 그쪽으론 문외한인 현성이지만 많은 사람이 알아볼 정도로 유명했다는데 굳이 발레와 연관 없는 칵테일 바를 차린 이유가 무엇일까. 혹시 큰 잘못을 저질렀나, 그래서 숨어 사는 것일까.

"소중한 물건인가 봐요."

"네."

"혹시 액자 속 사람은 누구인지 물어봐도 돼요?"

"엄마예요."

"아, 어쩐지 닮았……"

"죽었어요."

닮았다는 말이 왜인지 불편했던 현성이 재빨리 말을 끊

었다.

"앗…… 죄송해요. 제가 만년필을 괜히 건드렸나 봐요. 유품일 텐데……."

"아뇨. 이건 우리 할머니 물건이에요. 사람은 사람이고 물건은 물건이죠, 뭐."

"그래도 다시 찾으러 올 정도면 추억이 담긴 물건 아니에요?"

현성은 잠시 두 손에 들린 물건들을 응시했다. 다만 더 이상 많은 말을 늘어놓고 싶지 않아 가볍게 고개를 숙여 인사를 하곤 뒤를 돈 그때였다.

"잠시만요, 현성 씨! 퇴사한 거예요? 상자 안 물건들이 회사에서 쓰던 것 같아서요. 지금 일 안 하고 계시면 우리 가게에서 일하지 않을래요? 오늘처럼 방패막이로 쓰겠다는 건 전혀 아니고요. 요새 일손이 모자라서 사람을 구할까 싶었거든요. 오늘 가게에 있으면서 봤겠지만 평일인데도 사람이 꽤 많아요. 주말은 사실 혼자서는 감당 불가고요."

잠깐 사이에 불쑥 들어온 제안에 현성은 잠시 멈췄다.

"오늘 당장 말해달라는 건 아니에요. 현성 씨도 고민할 시간이 필요할 테니까."

"네."

현성은 더 말을 늘이지 않고 그곳을 벗어났다. 만년필과 액자만 든 가뿐한 몸으로 계단 두세 칸을 한 번에 뛰어올라

장벽처럼 보이던 높은 계단 끝에 도착한 뒤에야 시현이 서 있는 곳을 내려다보았다. 그는 여전히 같은 자리에서 머리 위로 떨어지는 가로등 불빛을 맞으며 담배 연기를 내뿜고 있었다. 늦은 밤 사람 하나 없는 길목에 있는 그를 보니 현성은 본 적 없는 시현의 무대 위 발레리나 시절이 그려졌다.

포털에 강시현을 검색하자 각종 기사와 무대 영상이 우르르 쏟아져 나왔다. 얼마 지나지 않아 왜 기자가 시현의 은퇴 후 행보에 대해 취재하지 못해서 안달이 났는지 알게 되었다. 어린 나이에 미국 발레단에서 동양인 최초 수석 무용수로 활동했던 강시현. 무슨 연유에서인지 갑자기 오랜 미국 생활을 청산하고 한국으로 돌아온 그는 국립 발레단에 입단해 또다시 명성을 얻나 싶었지만 사계절이 지나기도 전에 부상으로 은퇴했다. 무용수의 삶이 끝났다 해도 평생을 안고 가던 발레를 제쳐두고 전혀 상관없는 바를 연 이유가 무엇일까. 몇몇 인터뷰와 무대 영상만 보면 발레복이 아닌 다른 옷을 입은 그를 상상할 수 없던 터라 더 그랬다.

비슷한 소식을 반복해서 전하는 기사를 넘기다가도 현성의 눈길을 잡아끈 건 시현의 인터뷰 사진 배경이었다. '동양인 최초 뉴욕 발레단 수석 무용수'라는 화려한 현수막과 함께 보이는 금목서 화분. 금목서가 단순한 의미는 아니었겠구나 싶어지자, 한여름 밤의 꿈에서 맡았던 진한 금목서 향이 다시 존재감을 드러냈다.

늘 가을이 되어 금목서가 제 몸집을 부풀릴 때 할머니에게서 나던 향이 처음으로 현성에게도 진하게 배어났다. 같은 집 같은 공간에서 지내면서도 할머니에게만 향이 느껴져 현성은 왜 자기에겐 꽃내음이 나지 않냐며 툴툴댔었다. 그리고 지금 해울을 벗어난 현성에게서 금목서 향이 진하게 풍겼다. 혹 현성에게 금목서 향이 난다면 할머니도 해울의 기억을 떠올릴 수 있지 않을까.

금목서 향이 날아갈까 싶어 현성은 집에 들어와 씻지도 않은 채 잠들었다. 한층 더 푸석한 얼굴이었지만 할머니의 기억이 돌아올 수만 있다면 이 정도는 참을 수 있었다. 할머니를 자주 찾지 않는 이유는 요양원에 다녀올 때마다 드는 크나큰 죄책감 때문이었다. 할머니가 혜정이라고 부를 때마다 현성은 자기를 낳다 죽은 엄마, 자식을 잃은 할머니, 아내를 잃은 아빠의 얼굴이 떠올랐다. 비틀대던 아빠의 삶마저 다 자신이 자초한 일처럼 느껴졌다. 그래도 한 달에 한 번은 꼭 요양원을 찾았다. 할머니가 이번에는 손녀를 알아보지 않을까 기대하면서.

가을께 활짝 피는 용담은 할머니가 가장 좋아하는 꽃이었다. 해울 집의 파란 대문을 열면 쭉 나 있는 앞마당을 따라서 할머니는 금목서며 고무나무, 용담 등을 심었다. 그중에서도 용담은 대문을 열자마자 보이는 햇볕이 가장 잘 들고 습기도 적당한 곳에 심겨 있었다. 오롯이 할머니의 취향이었다. 현성은 그때도 지금도 길에서 남보랏빛 용담이 보이면 가을이 왔음을 알 수 있었다.

이번에는 해울이 아닌 꽃집에서 용담을 품에 안고 요양원에 도착했다. 한 달 만에 만난 할머니는 여느 때처럼 "혜정이 왔냐아" 하며 현성을 꽉 안았다. 조금이나마 기대한 현성의 잘못이겠지만 그렇대도 맥이 빠졌다. 액자 속 엄마와 현성은 전혀 딴판인데다, 엄마는 할머니처럼 쌍꺼풀이 진하고 피부가 까무잡잡했다. 해철이 아빠를 떠올리며 현성을 바로 알아봤다는 건 아주 틀린 말은 아니었다. 현성이 봐도 자신은 아빠를 똑 닮았으니까.

"혜정아, 왜 엄마라고 안 부르냐. 할머니가 뭐여, 할머니가."

그 뒤로 현성은 할머니를 뭐라 불러야 할지 몰라 모든 걸 생략하고 말을 건넸다.

"잘 계셨어? 여기, 용담."

"뭐?"

할머니의 동공이 잠시 떨렸다. 이제는 안다. 그의 머릿속은 누가 지우개로 멀끔하게 지워놓아 뜨문뜨문 연필 자국만 남아 있다는걸. 왜 그토록 달고 살던 만년필이 아니라 연필로 적어놓았을까. 장부 적을 때처럼 기억도 만년필로 눌러 적었으면 치매가 더디게 왔을 텐데.

할머니는 용담을 보고서도 자신이 이걸 좋아한 적이 있었던가 싶은 표정이었다. 마치 처음 보는 듯 신기해했다. 한 달 전에 가져온 화분은 말라 있었다. 식물을 가꾸는 정성과 부지런함을 이야기하던 그는 이제 없어졌다. 진한 금목서 향 대신 요양원에서 풍기는 노인들의 희끗희끗한 냄새만 남았다.

할머니는 유독 가을이 되면 분주하게 동네 사람들을 집으로 초대했다. 수확한 작물이 많아 이를 나누겠다는 핑계를 댔지만, 현성은 머지않아 진짜 이유를 알아차렸다. 앞마당에 심어놓은 용담을 은근슬쩍 내보이고는 이웃 어르신들의 감탄사를 듣고 싶은 마음이었겠지. 역시나 가을이 되면 만개하는 용담이 내는 신비로운 남보랏빛에 모두가 감탄사를 내뱉기 일쑤였다. 현성은 그때의 기억을 끄집어내려 말을 건넸다.

"용담! 제일 좋아하는 꽃이잖아. 별로야?"

"아니이. 곱다, 고와. 우리 혜정이같이 고와······."

현성이 곱다고 이야기하는 것일까, 혜정이 고왔다고 회상하는 것일까. 곱다고 말하던 할머니의 머리는 조금 전까지 누워 있었는지 까치집이 지어져 있었다. 현성이 머리칼을 손으로 삭삭 빗질하며 곁에 앉았다. 용담에 정신이 팔린 할머니는 화분을 품에 안고 있었고, 어느새 현성은 뒷전이 됐다. 할머니의 치매 증상 중 하나였다. 무언가에 시선이 꽂히면 관심이 떨어질 때까지 다른 무엇에도 관심을 돌리지 않는 것.

해울에서 느꼈던 할머니의 강인함과 여유는 이제 보이지 않았다. 꼿꼿하던 허리는 살이 빠지면서 앙상한 뼈만 남았다. 라디오를 들으며 평상에서 보내던 여유롭던 할머니는 이제 어딘가에 쫓기듯 종이를 찢고 치우기를 반복했다. 오늘도 할머니 곁에는 찢어진 종잇조각이 흩뿌려져 있다. 관심 밖의 현성은 널브러진 종잇조각을 한데 모았다.

할 수 있는 일은 그뿐이었다. 잠깐 와서 얼굴을 비추고 자신의 존재를 잊지 않도록 상기시키는 것. 해울에서 본 할머니의 모습은 이제 좀처럼 찾아볼 수 없지만 그때 느꼈던 안정감과 추억은 그대로 남아 있다. 요양원에 찾아올 때마다 조금씩 지워지는 할머니의 모습을 견디는 건 순전히 현성의 몫이었다.

잠시 한눈판 사이 할머니는 또 용담 화분의 이파리를 조각내고 있었다. 용담의 꽃대만 남기고 나머지 잎사귀를 다 뜯더니 조각조각을 내는 모습에 현성이 살짝 높아진 목소리로 다그쳤다. 그러니 뻔뻔하게 요리한다고 답했다. 기가 찰 노릇이었다. 손과 침대는 풀물로 엉망이었다. 현성은 이내 다그치던 마음을 고쳐먹고 장단을 맞춘답시고 말을 걸었다.

"무슨 요리 하는데?"

"쑥지짐."

"왜?"

"봄잉게, 혜정이가 쑥지짐 좋아했응게 만들어줘야제."

가을을 맞아 활짝 핀 용담을 보고도, 현성에게 나는 금목서 향을 맡고도 할머니는 자신만만하게 봄이라고 우겼다. 그러고는 이곳저곳을 뒤적이기 시작했다.

"뭐 찾아?"

"쑥 말려뒀는디……."

현성이 조금 전 가지런히 정리한 종잇조각들을 가리키자 헐레벌떡 풀물이 든 손으로 나머지 종잇조각을 섞었다. 그렇게 한참을 무언가 조물대더니 이윽고 현성에게 잎사귀를 건넸다.

"혜정아, 쑥지짐 묵어야."

용담 화분을 잘게 조각냈던 것도 쑥을 빻으려 해서였구나.

"이 쑥은 다 어디서 났어?"

"마당에서 캤제."

할머니는 다음 봄이 되면 현성을 기억할까. 쑥지짐을 나눠 먹으며 함께 해울을 추억할 수 있을까? 혹여 그러지 못하더라도 현성은 봄이 되면 갓 딴 쑥으로 쑥지짐을 해 먹어야겠다고 다짐했다. 할머니가 왜 자신을 엄마라고 부르지 않냐며 현성을 타박해도 현성은 절대 불러주지 않았다. 그것은 현성이 할머니에게 느끼는 서운함을 표현하는 나름의 방법이었다.

겨울이 다가올 무렵이라 해는 짧았다. 날이 다 저물고 난 뒤에야 현성은 집에 도착했다. 늘 이런 식이었다. 요양원에 갔다가 돌아오는 길이면 다시 돌아갈 수 없는 시절이 생각나 울적했다. 할머니와 해울 집에서 지낼 때는 박박 지워졌다고 생각했던 자신을 겨우 다시 그린 것만 같은데, 요양원에 갈 때마다 현성은 할머니와 자신이 다시 지워지는 듯한 기분이 들었다.

  하지만 할머니를 만날 수 있다는 사실만으로도 다행인 걸까. 현성이 해울을 벗어나 홀로 보낸 일주일은 이루 말할 수 없는 고통이었다. 혜정이라고 착각하며 불러주는 할머니가 그리울 정도였다. 현성에겐 갈 곳도 만날 사람도 없었다. 그 기분이 떠오르고서야 현성은 해철이 왜 마둑에서 자리를 잡았는지 알 것 같았다. 그도 자신과 비슷한 처지였겠지. 내내 방 안에만 틀어박혀 있어도 딱히 걱정해줄 누군가도, 안부를 물어줄 누군가도 없는 처지. 그런 해철에게 손을 내밀어준 마둑에서 새롭게 뿌리를 내리는 건 어쩌면 당연한 일이었다. 현성은 해철에게서 느꼈던 진한 외로움이 머지않아 자신에게도 풍길 것만 같은 예감이 들었다. 시현은 그런 현성의 외로움과 걱정에 작은 재미와 위로를 주었다.

  현성 씨, 일어났어요? 오늘은 날씨가 참 좋아요.
  오늘은 비가 오네요. 가을비가 내리고 나면 겨울이 온다던데. 이런 날에는 손님이 별로 없어요. 같이 일하는 거 생각은 좀 해봤나요?

갑자기 날씨가 추워져서 테라스 창문을 닫았어요. 일 안 해도 괜찮으니 편하게 놀러 와요.

잊을 만하면 찾아오는 시현의 메시지 덕분에 현성은 지난번처럼 외롭지 않았다. 그가 날씨가 좋다 하면 현성은 창문 밖으로 고개를 빼 하늘을 봤고, 가을비가 내린다는 메시지에 해울에서 무더위를 끝내줄 가을비를 기다렸던 때를 떠올렸다.
 만약 한여름 밤의 꿈에서 일하게 되면 어떨까? 확신할 순 없었지만 그래도 모두에게 내 존재가 희미해지는 것만 같은 지금보다는 나을 것 같았다. 현성이 내린 결론이었다.

 다시금 한여름 밤의 꿈. 이번에는 현성이 골목 어귀를 들어설 때부터 금목서 향이 진하게 풍겼다. 주말답게 가게 안은 사람들로 꽉꽉 들어찼고, 그 사이에서 시현이 바쁘게 움직이고 있었다. 그의 말처럼 혼자서 모든 걸 감당하는 게 벅차 보였다. 정신없이 뛰어다니던 시현이 쭈뼛거리고 선 현성을 보고는 반으로 접히는 눈웃음을 지으며 다가왔다.
 "와, 방금 되게 구세주 같았어요. 아니면 천사?"

현성은 덤덤한 표정으로 일을 시작했다. 특별히 역할 분담을 하지 않았지만 두 사람은 손발이 잘 맞았다. 몇 년을 일해도 매번 삐걱대던 전 직장과는 사뭇 대조적이었다. 그러나 생각보다 주말 장사는 더 고됐다. 자정이 훌쩍 넘어서야 이야기를 건넬 짬이 났다.

"왜 저보고 같이 일하자고 했어요? 전에 본 적도 없으면서."

"기억을 소중하게 여길 줄 아는 사람 같아서요."

"강시현이 누군지 다 찾아보고 왔어요. 일하던 곳을 그만둔 것도 맞고, 돈을 벌러 온 것도 맞아요. 이게 내 솔직한 심정이에요. 그런데 강시현 씨가 저한테 일을 같이하자고 한 이유는 솔직하지 못한 것 같네요. 나에 대해 아무것도 모르잖아요."

그러자 시현이 씁쓸하게 웃었다.

"찾아보셨나 보네요. 맞아요. 그때 기자가 절 제대로 알아본 게……. 현성 씨, 발레리나와 바텐더의 접점이 뭔 줄 알아요?"

"몸 쓰는 일이요?"

"아뇨. 짧은 순간에도 사람들의 눈빛을 세세하게 읽을 수 있어야 한다는 거예요. 공연할 때는 무대에서 말을 할 수가 없으니 파트너랑 눈빛으로 대화해야 해요. 무대가 끝나면 그제야 밝아지는 객석을 보면서 사람들의 눈빛에서 그날 공연에 대한 감상을 느낄 수 있죠. 한여름 밤의 꿈에서도 마찬가지예요. 손님들은 노골적으로 평을 하지 않거든요. 제가 만든 칵테일과 음식을 한 입 먹은 순간의 눈빛으로 가장 솔직한 평을 해요. 그러다 보니 몇 초간의 눈빛에서 호오가 제일 잘 보여요. 이런 식으로 사람들을 보다 보니 누군가에게 다가갈 때 어떻게 해야 한다는 판단이 섰어요. 제 인생은 늘 그랬어요. 그런데 그게 현성 씨에게는 일절 보이지 않았어요. 상자를 찾으러 온다고 해서 물건을 되찾았다는 생각에 뛸 듯이 기뻐하거나 안도하는 모습을 상상했는데 현성 씨는 되게 차가웠어요. 그런데 액자랑 만년필을 볼 때 현성 씨의 가장 솔직한 표정이 보이더라고요. 의도적으로 내게 차갑게 대하는 걸 수도 있겠다 싶었어요. 오히려 너무 날것의 눈빛이라 내가 이렇게 봐도 되나 싶었거든요. 그래서 좀 궁금하다 싶었죠."

키가 큰 시현이 눈웃음을 지으며 한 뼘 정도 작은 현성을 내려다보았다. 현성은 자신이 무슨 표정을 지었을지 떠올리려 애썼다. 그저 할머니와 해울을 떠올릴 때마다 짓는 아주 평범한 표정을 짓고 있었을 테다.

"현성 씨는 본인이 어떤 표정을 지었는지 모르겠지만 저는 그걸 봤잖아요. 그때 부러워지더라고요. 액자와 만년필의 주인이…… 그리고 조금 지나서는 현성 씨가 부러워졌어요."

"저요?"

"네. 기억을 소중하게 여길 수 있는 사람은 많이 없거든요. 사람과 나눈 기억을 소중하게 생각하는 게 쉬운 일이 아니에요. 전 그런 사람을 곁에 두는 걸 꿈꿔요. 그런데 현성 씨는 그걸 이룬 사람 같아서 곁에 두고 싶다는 욕심이 났어요. 어쩌면 나도 저렇게 봐줄 수 있지 않을까 하고요."

"착각이에요, 그거. 전 누군갈 떠나보낸 기억밖에 없어요."

퉁명스러웠지만 자신을 부럽다고 하는 사람이 처음이라 현성은 기분이 이상했다.

"오히려 그쪽한테 사람이 끊이지 않고 있었을 것 같은데요."

그러자 시현이 헛웃음을 지었다.

"내가 그렇게 보여요? 발레 할 때도 지금 가게를 할 때도 제 주위에 사람이 끊이지 않는 건 맞아요. 늘 둘러싸여 있죠. 그런데 그러면 더 외로워요. 주변에 사람이 많아도 결국 다 떠나갈 사람이니까요. 구멍 난 풍선같이 늘 기대만 해요. 부풀까 싶다가도 늘 내가 보지 못하는 쪽에 구멍이 나 있어요. 그래서 채워질까 싶다가도 다시 홀쭉해지죠. 늘 이런 삶의 반복이었어요. 상처는 잦고 상실은 익숙해지지 않고. 결핍은 더 깊어지고요. 나는 꿈도 이룰 만큼 이뤘고 안정된 직장도, 집도, 명예도 다 가져봤는데 사람을 대신할 수 있는 건 없더라고요."

"너무 모순 아니에요? 외롭다면서요, 사람 때문에."

"그렇죠. 그런데 그건 어쩌면 자기방어일지도 몰라요. 인생에서 가장 찾고 싶은 걸 찾지 못한 사람의 자기방어요. 나를 검색해봤다니까 내가 뉴욕에서 오래 있었다는 것도 알겠죠? 출국하던 날 공항에 아무도 배웅하러 오지 않았어요. 혼자 출국 수속을 기다리고 있었는데 앞에 비슷한 나이로 보이는 세 친구가 있었어요. 배낭여행에 가는 것 같았죠. 그 친구들이 했던 말이 아직도 기억나요. '야, 우리 약속해. 가다가 화나고 꼴 보기 싫어지는 한이 있어도 같이 가는 거야. 흩어지지 않고 올 때는 다 같이 뭉쳐서 오는 거야.' 우스갯소리처럼 한 이야기였지만 혼자 먼 길을 기약 없이 떠나는 내가 보기에는 너무 부럽더라고요. 나는 그럴 사람도 없었고, 그런 약속을 나누자고 할 만한 사람은 더더욱 없었으니까요."

"뉴욕에서 한국에 돌아온 것도 가장 찾고 싶은 걸 찾지 못했기 때문인가요?"

"아니요. 찾았어요. 뉴욕에 가자마자 그렇게 그리던 사람을 만났거든요. 아니, 만난 것 같았어요. 같이 시간을 보내고 저녁을 먹는 일상이 익숙하고 자연스러운 관계 말이에요. 그래서 나도 다 이뤘다고 생각했죠. 그런데 아니었어요. 그 사람은 내가 소중하게 여기는 것과 정반대의 가치를 추구하고 있더라고요. 아예 몰랐어요. 나는 좋으면 그 뒤로는 까막 눈이 되거든요. 그때 알았어요. 그와 나눴다고 생각한 모든 게 그에게는 무용한 짓이라는 걸요. 모든 커리어의 정점을 찍은 순간에도 나는 그렇게 사람 때문에 무너졌어요. 그것도 한순간에. 바로 한국으로 돌아왔죠."

아차 싶었다. 그제야 시현이 뜬금없이 한국으로 돌아온 것도 얼추 이해됐다. 기자의 인터뷰 요청에 왜 원래의 그처럼 능숙하게 대처하지 못하고 딱딱하게 서 있었는지도. 그토록 좋아하고 자부하던 발레 인생이 어느 한 명으로 망가졌다는 걸 사람들은 이해하지 못했겠지. 그러나 아빠와의 좋았던 기억을 다 버리고 해울로 갔던 현성만은 단번에 알 수 있었다.

***

나를 곁에 두고 싶어서 손을 내민 건 시현이었지만, 나 역시 시현이 내민 손을 그저 잡은 것만은 아니었다. 사실 나를 구출한 것과 다름없었다. 흐릿하게 지워져가는 날 살려야 했으니까.

시현이 한여름 밤의 꿈에서 일하자고 말했을 때 어딘가 낯설긴 했지만 할머니 이후로 한동안 끊겼던 사람의 손이 닿자 마냥 싫진 않았다. 아니, 사실 오히려 반가웠다. 삼거리 가로등 밑에서 머리 위로 떨어지는 불빛을 받던 그때, 무대 위에서 춤을 추는 발레리나로만 살아왔다고 판단한 시현이 처음으로 자신과 별반 다르지 않게 느껴졌으니까.

변변찮은 직장을 나오면서 단 한 가지 아쉬운 것은 꾸준한 벌이였다. 서울에서 생활을 유지하기에는 생각보다 많은 돈이 필요했다. 오죽했으면 마둑에 있는 해철에게 빌붙어 생활할까 하는 찰나의 고민이 스쳐갔을 정도이니. 그러자고 해울로 돌아가기에는 차현성을 기억하지 못하는 할머니 옆에 있기가 버거웠다. 결국 돌고 돌아 나온 결론은 다음 월세를 내기 전까지 새로운 일자리를 구해야 한다는 것이었다. 그리고 때마침 시현의 제의가 들어왔다. 할머니의 취향을 쏙 닮은 그녀와 함께 일하는 것은 집과도 멀지 않고, 기존에 받던 월급과 비교했을 때 아쉬울 것도 없었다. 마음의 갈피를 정하고 일을 시작하기 전 마둑에 다녀왔다. 새로운 일을 시작하기 전 다시 가보고 싶은 그 동네로, 아무 말 없이 사라진 내 소식을 궁금해하며 짧은 메시지를 남겼던 그에게로. 역시나 해철은 불쑥 찾아온 나를 보고도 아무런 표정 변화가 없었지만, 텃밭 작물이 많이 남았으니 가져가라는 말에서 그간의 기다림과 반가움을 느낄 수 있었다. 구겨진 비닐봉지에 삐죽 튀어나와 있는 흙투성이 대파를 보자 할머니가 집집마다 안부를 물으며 남은 작물을 나눠주던 시절이 생각났다. 꼭꼭 닫고 생활하던 해울 집의 방문이 할머니에게 열린 것처럼, 해울을 벗어나 다시 닫혀 있던 문에 들리는 기분 좋은 두드림이었다.

2부
  현용숙

민들레 홀씨

용숙은 해울의 한 요양원에서 늘 일요일만 손꼽아 기다렸다. 누군가를 기다리는 사람들만 가득한 이곳에서 유일하게 한 주의 기다림이 결실을 맺는 일요일은 요양원 안의 모두가 활기차게 변하는 날. 용숙도 다를 바 없다. 혜선, 혜욱, 혜정이 번갈아 가며 그를 보러 오기에.

용숙의 첫째 딸인 혜선은 항상 식구들과 함께 갖가지 반찬을 싸 들고 왔다. 칸칸이 채워진 도시락의 온기는 그날 용숙이 저녁밥을 먹을 때까지 용케 식지 않고 지속됐다. 혜선이 용숙의 이불 커버를 벗기고 침대 자락을 정리할 때쯤이면, 사위와 손자도 주차를 마치고 병실로 들어왔다. 둘은 무척이나 어색한 표정을 지으며 용숙과 보내는 시간을 어떻게든 이겨내려는 듯했다. 혜선은 그런 어색한 기류를 살필 겨를도 없이 용숙을 공용 욕실로 데려가 머리를 감기고, 샤워를 도왔다. 딸의 손길을 받을 만큼 받아온 용숙이지만 적응

되기는커녕 한결같이 어색했다. 늘 큰딸 혜선에게 받기만 하는 것 같아 무거웠던 마음이 몸에도 남은 듯했다.

아이들이 어릴 적 용숙은 남편의 병간호를 마친 늦은 밤에서야 집에 돌아오곤 했다. 아이들의 요란한 잠버릇에 널브러진 이불을 조심스레 정리할 때면 용숙은 이불 밖으로 삐져나온 얇디얇은 혜선의 손가락에 유독 시선이 갔다. 그때는 이 여린 손이 무얼 할 수나 있을까 싶어 안쓰러웠지만 이제 큰딸은 그 손으로 용숙을 보살폈다. 기다림과 서운함으로 가득한 용숙의 일주일은 혜선의 곱고 보드라운 손짓에 언제나 사르르 풀어졌다.

혜선이 떠난 다음 주에는 둘째 아들 혜욱이 찾아왔다. 이런저런 핑계로 결혼을 미루고 세월을 보낸 탓에 늘 혼자 오는 게 용숙은 못내 속상했다. 종종 해울 집에 찾아오던 시절에는 푸짐하게 밥상을 차려놓고 아들에게 언제 결혼할 거냐며 핀잔을 주기도 했다. 그럴 때마다 구김살 없는 혜욱은 너털웃음을 지었다.

"엄마, 내가 결혼하면 오히려 섭섭할걸? 해울에 이렇게 자주 못 와요."

짐짓 장난스러운 혜욱의 말투에 용숙은 슬며시 웃음을 지었다. 용숙도 말은 그렇게 했지만 혜욱이 오지 않는다면 못내 섭섭할 터였다. 아이들이 온다는 날이면 유독 정성 들여 밥상을 준비했다. 혜선, 혜욱, 혜정 삼 남매가 좋아하는 반찬 한번 제대로 차려준 적 없었고, 그저 남편의 병 수발을 드느라 만들고 남은 슴슴한 나물 반찬들만 먹었다. 그것이 항상 마음에 걸렸던 용숙은 자식들이 장성한 뒤 밥 먹으러 오겠다는 전화가 그렇게 반가울 수가 없었다.

혜욱이 오는 날이면 용숙은 아침 일찍부터 설레는 마음으로 옷을 갈아입었다. 오랜만에 바깥공기를 쐴 수 있는 날이었다. 도착하자마자 외출증을 받아 든 혜욱은 용숙을 태우고 근처 식당으로 차를 몰았다. 혜욱은 뭘 물어볼 때마다 뒷말을 늘리는 버릇이 용숙을 똑 닮았다. 어릴 때부터 그랬다.

"엄마, 뭐 드시고 싶은지 생각해놨어어? 아니면 내가 가고 싶은 데로 가아?"

"너 묵고픈 거 묵자. 난 아무거나 다 좋다."

그러자 혜욱이 장난스레 노려보며 "앞으론 드시고 싶은 거 안 정해놓으면 안 나갈 거야" 하고 엄포를 놓곤 했다. 용숙에겐 혜욱의 차를 타고 바깥바람을 쐬는 시간이 너무나 소중했다. 요양원에서도 산책 시간이 있긴 하지만 턱없이 부족한 인력 탓에 제대로 공기를 느끼기도 전에 다시 안으로 들어가야 했다. 그러기에 더더욱 혜욱을 따라 나가 한 달에 한 번씩 길거리를 구경할 때면 계절의 변화가 선명하게 다가왔다.

용숙은 여름보다 겨울을 좋아했다. 겨울이면 뒷자리에 놓인 혜욱의 담요를 몸에 둘렀다. 언제 한번은 여름인데도 담요를 꺼내려는 용숙을 보더니 혜욱은 춥냐며 에어컨을 껐

다. 그 후 차만 타면 담요를 찾는 엄마를 보자 아들은 "엄마, 그거 좋으셔?" 물으며 용숙의 침대맡에 담요를 곱게 개놓고 집으로 돌아갔다. 담요는 이제 서랍 안에 있다. 더 이상 아들의 냄새가 나지 않았다. 용숙은 사실 아들의 냄새가 밴 담요가 좋았던 것이었다.

혜정이는 올 때마다 화분을 하나씩 안고 와서 유일하게 밤늦은 시간까지 용숙의 옆을 지켰다. 어릴 적부터 막내딸 혜정은 어느새 풀썩 날아와 곁에 앉는 민들레 꽃씨 같았다. 아이들이 모두 떠나 혼자 밤을 보낼 때면 용숙은 자신도 모르게 혜정이 사다 준 화분을 쓰다듬었다. 그러다 보면 문득 해울 집에 있는 화분이 무사한지 걱정스러웠다. 물을 잘 주어야 하는데 애들이 덤벙대서 제때 물을 주려나 싶었다.

일요일, 요양원에서 아침 반찬으로 쑥지짐이 나왔다. 늘 봄이 오면 텃밭에서 쑥을 따 쑥지짐을 만들었는데. 그때처럼 쑥 향이 진하게 풍겼다. 그러나 화분이 놓인 창가 너머 나무에는 눈이 쌓여 있었다. 용숙은 지금이 겨울인지 봄인지 헷갈렸다.

이번 한 달은 내내 기다림의 연속이었다. 혜선은 아들 고등학교 졸업식이라며, 혜욱은 허허실실 웃으며 엄마가 그렇게 기다리던 결혼을 할 수도 있을 것 같다며, 혜정은 일이 바빠 일찍부터 출근해야 한다며 요양원을 찾지 않았다. 용숙의 기다림은 결실을 맺지 못했고, 그사이에 화분은 생명력을 잃고 시들어버렸다. 이제 외로워도 쓰다듬을 존재가 없어진 용숙은 창가를 서성이다가 혜욱이 놓고 간 담요를 두른 채 누워 멍하니 천장을 바라봤다.

"현용숙 할머님, 어디 편찮으세요? 아니면 추우셔? 이불 더 갖다드릴까?"

간호사가 물었다. 용숙은 그게 아니라며 휘휘 손을 저을 수밖에. 이제 그는 담요를 걸쳐도 그저 두르고 싶었다고 핑계 댈 수 없는 나이가 되었다. 담요를 곱게 개어 서랍을 열자 혜선이 매번 꺼내어 빗겨주던 빗이 있었다. 둥둥 떠다니는 까치집을 잡으려 혼자 애를 썼지만 웬걸 팔만 아파졌.

오늘따라 더 외로운 이유는 건너편 아줌마에게 찾아온 사람이 있어서였다. 용숙의 자리가 붐빌 때도 그쪽은 항상 휑하니 비어 있었기에 이런 일은 아주 오랜만이었다. 그는 붐비는 용숙의 자리를 빤히 쳐다보곤 했는데 오늘은 처지가 뒤바뀌었다. 조용하고 한적한 용숙의 자리로 건너편 대화가 그대로 들렸다.

오늘 찾아온 사람은 딸인 모양이었다. 옆에서 "엄마, 엄마" 하며 구슬프게 불러도 그이는 여느 때처럼 자기 남편만 찾았다. 남편이 어디 갔는지 물을 때마다 딸의 얼굴에는 슬픔이 쌓였다. "엄마, 아빠가 어디 있다고 자꾸 아빠를 찾아." 엄마의 치매를 받아들이기 힘든 딸의 목소리는 떨리다가 이내 분노로 바뀌었고, 온 지 얼마 되지도 않아 자리를 비웠다.

용숙은 세월이라는 게 참 야속하다 싶었다. 딸을 앞에 두고도 죽은 남편만 찾는 사람이라니. 용숙은 아들딸만큼은 곧 죽더라도 한눈에 알아볼 수 있을 것 같았다. 하지만 건너 침대 속 그의 기억이 갈수록 흐릿해지는 것을 볼 때면 용숙은 불안해졌다. 자신도 눈앞에 있는 그의 처지가 되는 게 아닐지. 그러면 안 되는데.

그러고 보니 애들 셋을 다 같이 본 건 꽤 오래된 것 같았다. 해울에 살 때처럼 한집에서 보고 싶은 마음은 욕심이라고 용숙은 생각했다. 그래, 병원 문턱만 닳도록 쫓아다니고 애들 학교는 얼굴 한번 못 비춘 내가 무엇을 바라겠는가. 혼자 긴긴 시간을 보내다 보면 용숙의 마음에는 후회가 걷잡을 수 없이 번져갔다.

오랜 시간을 혼자 보내며 용숙은 아이들과의 시절을 떠올렸다. 큰딸 혜선에게 제일 많이 의지했고, 그만큼 많은 짐을 떠넘긴 것 같아 늘 자책했다. 어린 나이에도 첫째라서 동생들을 챙겨야 했던 혜선. 용숙은 그 시절 큰딸에게 들었던 볼멘소리가 아직도 마음 한구석에 쓰리게 남아 잊히지 않았다.

"엄마, 그때 기억나? 나는 밥하고 빨래하느라 바쁜데 그 와중에 혜정이는 엄마 보고 싶다고 떼쓰지. 윤혜욱은 바락바락 대들지. 아주 환장하겠더라고."

스쳐 가듯 한 말이었지만 용숙은 제대로 된 위로 한마디 건네지 못했다. 혜선이 동생들을 돌보며 내뱉은 투정은 어느

새 언니, 누나를 뛰어넘어 자기 대신 딸이 엄마가 되어 있음을 알려주고 있었다. 혜선이 병원을 못 오고 주말을 건너뛸 때면 용숙은 큰딸을 고생시켰던 순간들이 하나씩 떠올랐다.

둘째 혜욱은 용숙의 걱정거리였다. 누굴 닮아 그렇게 살이 찌지 않는 건지 남편의 모습과 겹쳐 보여서 유독 마음이 쓰였다. 과수원을 운영하며 보기 좋게 그을린 든든한 몸집의 그이도 백혈병을 앓으며 점점 말라갔는데, 혜욱이 남편의 딱 그 모습 같았다. 그래서 유독 혜욱에게 밥을 많이 먹어야 한다고 재촉하면서도, 집의 유일한 남자이기에 힘을 써야 하는 온갖 궂은일을 아들에게만 시켰다. 남편이 무균실에서 퇴원하기 전날, 집에 있던 오래된 물건을 다 날라 버리게 했다. 그뿐인가. 덤벙대던 혜욱이 지나다니며 소독해놓은 남편 물건을 툭 치고 가기라도 하면 딸들보다 무딘한 아들에게 편하답시고 불나게 화를 냈다. 둘째가 병원을 찾지 않는 날이면 용숙은 이런 기억 때문이 아닐까 싶어 마음이 아팠다.

셋째 혜정은 언제든 히죽거리며 잘 웃었다. 용숙이 부엌에 있을 때면 저 멀리서 "엄마아" 하고 달려와 등에 한아름 안겼다. 혜정이가 태어나기 전까지만 해도 남편은 아들을 기대했던지라 실망한 기색을 그대로 드러냈다. 그러나 혜정이 커갈수록 남편은 부모에게 폭 안겨 밝게 웃는 막내딸이 예뻐 어쩔 줄 몰랐다. 다만 그 시절도 아주 잠깐이었다.

혜정이 중학교에 들어가기도 전에 남편은 몸져누웠다.

그 후 용숙의 삶도 완전히 남편 중심으로 뒤바뀌었다. 이젠 혜정이 용숙을 데면데면하게 여긴다 해도 그리 이상할 일이 아니었다. 그런데도 혜선의 말마따나 혜정은 늘 엄마를 기다렸다. 언제나 함뿍 웃어주면서 말이다. 용숙은 혜정이 여전히 노란 치마를 입고 웃으며 미령에서 자기를 기다려줄 것만 같았다.

용숙은 남편도, 돈도, 집안일도, 아이들도 무엇 하나 놓지 못했다. 그러나 일군 것도 무엇 하나 없었다. 결국 남편은 죽음을 맞이했고 용숙은 요양원에 홀로 남았다. 용숙은 지난날 자기가 일구지 못한 모든 걸 되찾고 싶었다.

미령에 가야 한다. 용숙이 내린 결론이었다. 아이들과 함께 여행을 떠났던 그곳으로 가면 예전으로 돌아가 그때의 우리처럼 다 같이 어울릴 것만 같았다. 항상 자식에게 해준 것이 없다는 죄책감에 시달렸던 용숙이기에 오늘은 자신이 먼저 움직일 차례였다.

병원 서랍 안에 어느 날 혜선이 두고 갔던 원피스가 하나 있었다. "다음 주에 혜욱이 만나는 날 새 옷 입고 가셔" 하며 두고 간 옷이었다. 혜선이는 하얀색이 화사하다며 좋아했지만 용숙이 보기에는 상복 같기도 해서 괜히 꺼림칙했던 원피스였다. 오랜만에 아이들을 만나는 날에 제일 깨끗한 옷을 입으려니 그 옷뿐이었다. 용숙은 얼른 옷을 챙겨 입었다.

그날은 가장 바쁜 일요일이었다. 이른 시간부터 몰려드는 손님들 탓에 현성과 시현은 눈코 뜰 새 없이 바빴다. 요양원에 가는 날이었지만 예약 손님이 넘치는지라 차마 시현을 두고 갈 수가 없었다. 아침에 일어나자마자 할머니에게 조만간 가겠다고 말한 참이었다. 물론 시현에게 양해를 구하고 다음 날 바로 찾아갈 생각이었지만. 깜짝 놀라겠지. 현성은 속으로 미소 지었다.

그런 공기를 바꾼 건 이모에게 온 전화 한 통이었다. 늘 조용하던 핸드폰이 먼저 울리는 건 흔치 않은 일이었다. 그리고 짧은 사이에 떠올린 불안의 직감은 대개 정확하기 마련이었다. 전화 너머로 들리는 이모의 목소리는 울부짖음과 흐느낌 사이를 오갔다. 무슨 말을 하는지 정확하게 알아들을 수 없어도 할머니에게 무슨 일이 생겼다는 건 단숨에 알아챌 수 있었다.

"현성아, 엄마가 없어졌어. 요양원에서도 뒤늦게 알았나 봐. 경찰에 실종 신고 하고 CCTV 돌려봤는데 점심쯤부터 없어진 것 같아."

현성은 겉옷을 움켜쥐고 자리에서 벌떡 일어났다. 당황한 눈치로 바라보는 시현에게 다급히 말했다.

"해울 좀 다녀올게요."

이 한마디를 남기고는 늘 몇 번이며 쉬면서 오르던 계단을 단숨에 뛰어갔다. 집 안에서 차 키를 낚아 시동을 걸자 비릿한 피 맛이 올라왔다. 갈증에 목이 바짝바짝 말랐고 더 이상 삼킬 침이 없어질 때쯤 해울에 도착했다. 항상 고요하던 그곳에는 경찰차 여러 대와 얇은 옷차림의 이모가 서 있었다. 저 멀리에서는 겁에 질린 듯한 간호사가 떠듬떠듬 말을 하고 있었다.

"없어지신 걸 알아차린 건 두 시쯤이에요. 원래 점심 드시자마자 바로 약을 드리는데 오늘은 면회자가 많아서 불려 다니다가 늦게 갔거든요. 자리에 안 계셔서 아드님이 오셨나 하고 면회 명단을 확인했는데 아무도 없어서……. 그때 요양원 전체 둘러보고 보호자랑 경찰에 연락했어요."

경찰관은 그의 말을 그대로 받아 적었다.

"따님께서는 몇 시에 연락받으셨죠?"

"세 시 반쯤에 전화 받고 바로 신고했어요."

경찰관은 현성을 흘끗 보고는 "손녀예요?" 하고 물었다. 그렇다는 대답을 들을 새 없이 "성함이?" 다시 물었다.

"차현성이요."

그때 저 멀리서 또 다른 경찰차가 들어왔다. 요란하게 울리는 사이렌 소리가 현성의 대답을 삼켰다. 차에서 내린 혜욱은 겨울인데도 얼굴에 식은땀이 가득했고, 거칠게 숨을 몰아쉬며 그대로 달려왔다.

"없어. 여기 금방 다 돌았는데 안 보여. 여기서 읍내까지 나가려면 버스나 차 타고 나가야 하는데 엄마가 버스를 탔을까? 탈 돈은 있고?"

그러자 혜선이 아주 작은 소리로 말을 붙였다. 모든 책임이 그에게 넘어올까 봐 두려운 눈치였다.

"내가 몇 달 전에 넣어놨어. 너랑 밖에 나가서 드시고 싶은 거 있으시면 사 드시라고."

"얼마?"

"오만 원."

그 말을 들은 혜욱은 허리에 손을 올리더니 크게 한숨을 쉬었다.

"일단 할머님이 도시를 빠져나갔을 가능성도 염두에 두고 찾아보겠습니다. 지금은 시간이 너무 늦어서 수색이 좀 더딜 수 있어요. 일단 아드님, 따님 모두 연락 잘 받아주세요. 소식 나오는 대로 바로바로 연락을 드려야 하니까요."

혜선은 경찰관의 손을 붙잡았다.

"혹시…… 산으로 넘어가신 건 아니겠죠?"

요양원은 논밭과 작은 분교 하나 있는 마을에 자리 잡고 있었다. 산 옆에 위치한 요양원은 마을에서 가장 높은 곳에 있는 장소였다. 산은 자연스럽게 마을의 경계선 역할을 하고 있었다. 할머니가 산으로 올라갔다면 수색 범위가 훨씬 넓어져야 하는 셈이었다. 경찰관은 고개를 저으며 걱정을 일축했다.

"아니요, 그럴 가능성은 적어 보입니다. 요양원에서 설치한 펜스가 있기도 하고 그 너머로 도랑이 있는데 꽤 깊어서 할머님 연세로 건너기에는 무리입니다. 사람이 들어간 흔적도 없고요."

그렇게 경찰관은 이모에게 날이 밝는 대로 다시 연락하겠다며 연락처를 남기고 떠났다. 안절부절못하며 눈치를 살피던 중년 남자가 다가와 허리를 굽히며 "정말 죄송합니다. 면목이 없습니다" 하며 사과했지만 이모와 삼촌의 눈에는 아무것도 보이지 않는 듯했다.

용숙은 혜욱의 차를 타고 나갈 때마다 눈에 걸리던 택시 정류장으로 갔다. 해울 터미널로 가달라고 하니 기사는 백미러로 용숙을 흘끗 보더니 부드럽게 나아갔다. 굽은 길을 이리저리 돌며 읍내를 벗어나자, 길 따라 달리던 택시는 이내 익숙한 동네로 접어들었다.

용숙이 가족들과 함께 살던 동네. 그러나 쉰이 되기도 전에 혼자 남게 되었던 그 집을 다시 보니 불쑥 낯설게 다가왔다. 지금 돌아보면 참 젊은 시절이었지만 그때는 조급하기 그지없었다. 십 년 넘게 병원과 집과 일터를 번갈아 가면서 오롯이 혼자 시간을 보냈던 적이 없었으니. 애들이 입다 버린 옷 몇 벌로 사계절을 났고, 도시락을 싸고 남은 반찬으로 끼니를 때웠다.

부모님은 용숙에게 맑을 용에 얼굴 숙을 넣어 이름을 지어주었다. 고생 없이 맑은 얼굴로 살라는 의미였는데, 그간 늘 쫓겨 다녔고 피곤함에 찌든 미간 주름은 점점 진해졌다. 아이들의 살림살이가 다 빠져나가던 날 용숙의 미간은 처음으로 힘이 풀렸다. 이제 더는 무엇 하나 신경 써도 되지 않았으니까. 고요해진 집에 가만히 앉아 있으니 처음으로 자연의 소리가 들렸다. 남편과 함께 마련한 첫 집이자 마지막 재산인 해울 집이 이토록 푸릇한 곳이라는 걸 용숙은 미처 몰랐다.

새하얀 벽과 무균실, 차갑게 들리는 금속성의 소리, 균일하게 수축과 이완을 반복하는 기계 소리. 남편의 병간호를 하는 동안 이 모든 것이 용숙을 질리게 했다. 그사이 해울 집은 벽돌 틈 사이로 삐죽 이름 모를 풀이, 뒷마당엔 한가득 잡초가, 담벼락엔 허름하게 낡은 흔적들이 생겨났다. 방치된 집은 엄마 손길이 닿지 못한 아이들을 닮아 있었다. 용숙은 그 후로 파란 철문과 어울리는 알록달록 원색 꽃을 심었고, 풀과 잡초가 가득하던 뒷마당을 싹 밀고 텃밭을 꾸몄다. 직접 키운 제철 채소로 밥상다운 밥상을 차리기 시작하자 처음으로 평범한 삶을 되찾을 수 있었다.

텃밭과 꽃이 꼭 용숙같이 느껴졌다. 생명력을 얻고 새롭게 살아가려는 존재. 그래서 더욱 매일같이 정성들여 집을 가꿨는데 갑작스럽게 요양 병원으로 가게 된 것이었다. 해울 집은 그간 제대로 있었을까.

택시 기사는 창문에 착 달라붙어 있는 용숙을 흘끔흘끔 보는 것 같았다.

"여기서 내려주셔요."

용숙은 육 차선 도로를 가로지르는 택시 안에서 생뚱맞게 차를 세웠다. 기사가 "해울 터미널로 가는 거 아니에요?" 하고 물었지만, 가야 할 곳이 있다고 답했다. 택시 기사는 의아하다는 듯 횡단보도 앞에 차를 세웠다. 집에 가려면 신호등 몇 개를 더 지나야 했는데 몇십 년을 살았던 곳이어도 치매가 온 용숙에게 길 찾기란 여간 어려운 일이 아니었다. 추워서 콧물이 흘러도 혜선이 준 새 옷을 더럽히기 싫어서 그냥 걸었다. 하염없이 걸었다.

가는 길에 시장에서 나온 어떤 여자가 용숙을 붙잡았다. "언니야" 하고 반갑게 인사했지만 용숙은 그저 모르는 얼굴이었다.

"여긴 무슨 일이야. 손녀랑 오셨나? 요양원 들어가셨단 얘기는 들었는데."

용숙은 가는 길이 바빠 대꾸 없이 고개만 끄덕이곤 발걸음을 재촉했다. 텃밭이 무사할까. 용숙은 온통 그 생각뿐이었다. 익숙한 골목 안으로 들어가자 그제야 파란 철문이 보였다. 그새 허리가 굽었는지 용숙은 까치발을 들어 힘겹게 문을 열었다. 기름칠을 할 때가 다 되어서인지 문에서는 기분 나쁜 소리가 났다.

그토록 기다리던 집이었다. 기대와 달리 텃밭은 새하얀 눈으로 뒤덮여 있었고, 아끼던 화분에는 거미줄이 한가득이었다. 속상한 마음에 손으로 거미줄을 홰홰 저어가며 걷고 쌓인 눈을 치웠다. 시간이 지날수록 추위에 몸이 점차 둔해지자 용숙은 담벼락을 짚으며 평상에 올랐다. 예전 모습을 되찾겠답시고 힘들게 집을 치웠건만 평상에 올라 본 마당은 더 쓸쓸했고, 집에는 그간 사람 온기가 없었다는 흔적이 군데군데 눈에 띄었다.

이 집에서 자라던 모든 것이 나 같았던 집. 모든 시간과 기억을 간직한 집. 분명 그때와 달라졌지만 지금의 모습조차도 이곳은 용숙과 닮은 듯했다. 생기란 찾을 수가 없고 외롭고 쓸쓸한 모습이 그랬다. 집도 용숙도 슬펐다.

거뭇거뭇한 평상에 그대로 누우니 눈물인지 콧물인지 모를 것이 뺨을 타고 흘렀다. 새하얗기도 새파랗기도 한 하늘에서 쏟아지는 햇살을 용숙은 마냥 어린아이처럼 흠뻑 받았다. 강렬한 햇빛 아래에서 따끔하니 간지러운 기분을 느끼고, 꽁꽁 언 몸을 미적지근하게 데우기도 하며 용숙은 그 시간을 한껏 즐기고는 눈을 떴다. 얼마 만에 느끼는 기분이던가. 살짝 고개를 돌리자 저 멀리 수돗가가 보였다. 저기서 발도 씻고 꽃에 물을 주기도 했었지. 용숙은 가만가만 기억을 짚었다. 그러다가 수돗가 틈에서 노랗게 피어난 무언가에 시선을 빼앗겼는데 굳이 가까이 가서 살피지 않아도 민들레라는 걸 알 수 있었다.

추위가 한가득 돋은 날에도 꽃을 피우다니, 그것도 벽돌 틈바구니 안에서. 참 예뻤다. 혜정이 미령에 놀러 갈 적 입었던 샛노란 옷 같은 민들레. 용숙은 이따금씩 민들레를 볼 때면 자기 없이도 씩씩하게 커간 아이들 생각에 가슴이 미어졌다. 아, 맞다. 지금 미령에 가는 길이었지. 더 늦으면 안 되겠단 생각에 예전처럼 재빨리 몸을 일으키니 허리에서는 안 좋은 소리가 났고 치마폭에 검은 얼룩이 군데군데 묻어났다. 어쩌나 싶어 손으로 털어보아도 여전했다.

해울 터미널로 가는 길에 몇몇이 용숙을 붙잡았다. 옷차림새와 얼굴을 훑어보면 안 그럴 수 없는 외양이었다. 모두를 뿌리치고 어찌 저찌 해울 터미널에 도착한 뒤, 남들이 하는 것처럼 줄을 따라 서고 미령으로 가는 표를 끊었다. 시간이 늦어서인지 가장 빨리 출발하는 버스도 한참을 기다려야 했지만 터미널이 혼잡하여 용숙을 주시하는 행인들이 거의 없었다.

"미령이요, 미령! 곧 막차 출발합니다!"

간이 의자에 앉아 깜박 졸던 용숙의 단잠을 깨운 불청객이었지만 덕분에 제시간에 미령행 버스를 탈 수 있었다. 용숙이 부리나케 달려가자 검표원이 용숙을 흘끔 보더니 "할머님, 미령 가시는 거 맞아요?" 하고 물었다. 용숙은 크게 고개를 끄덕이며 훈훈한 버스에 올랐다.

미령에 도착하니 까마득한 밤이었다. 혜욱이 마중 나와 있을 거라 생각했는데 터미널은 아주 고요했고, 아들은 보이지 않았다. 미령까지만 잘 찾아오면 될 줄 알았는데. 그토록 그리던 미령에 도착했지만 또 어디로 가야 할지 용숙은 막막해졌다. 춥고 고단한 몸을 잠시 터미널에 누이고 있는데 누군가 어깨를 톡톡 건드렸다.

"할머니, 여기서 주무시면 안 되는데."

노인의 행색을 살피며 말끝을 흐리는 그에게 용숙은 "애들 만나기로 했습니다"라고 답하고 다시 눈을 붙였다. 용숙은 모두가 발걸음을 재촉하는 터미널의 구석에 자리 잡았고 동이 트고 난 뒤에야 눈을 떴다. 잠깐 눈을 붙인다는 게 깜박 잠이 들었나 보다. 더는 늦으면 안 된다. 아이들이 기다리고 있을 텐데……. 문득 조급한 마음에 용숙은 지나가는 사람들을 붙잡고 떠오르는 미령의 기억을 설명했다. 더듬거리며 설명하는 용숙을 보곤 다들 이상한 눈빛이었으나 머지않아 한 청년이 설명을 주의 깊게 들었는지 다가와 물었다.

"할머님, 미령고개 말씀하시는 거예요? 풀밭 펼쳐진 언덕 같은 곳?"

"맞소. 미령고개. 미령고개……."

용숙은 목적지를 몇 번 중얼거리고 이내 걸음을 옮겼다. 청년의 뒷말은 용숙에게 닿지 못했다.

"미령고개에 지금 눈 엄청 쌓여 있을 텐데……."

용숙은 같은 말만 중얼거리며 터미널 앞에 줄지어 서 있는 택시를 잡아탔다. 그러고도 연신 미령고개만 외쳤다. 기사는 고개를 갸우뚱했다.

"이 시간에요? 거기 뭐 하러 가시게. 지금 아무것도 없을 텐데?"

"우리 아이들이 거 있어요."

곧 민들레 같은 혜선과 혜욱과 혜정을 만난다. 그곳은 따뜻하고 행복만 가득하겠지. 해울 집 민들레처럼 풀들도 아이들도 씩씩하게 피어나고 있겠지.

"다 왔어요."

퉁명스러운 목소리와 함께 차는 미령고개에 도착했고, 용숙은 주머니에 있던 돈을 다 꺼내어 건넸다. 얼른 자식들을 볼 생각에 문을 열고 튀어 나가려는 순간 용숙은 기사의 거친 손길에 팔목을 붙잡혔다.

"할머니, 돈 덜 주셨어요! 이만 원인데 이거 오천 원도 안 돼요."

영문을 모르는 노인은 그저 뿌리치려고 애썼지만 감당할 수 없었고, 기사는 계속 투박하게 고함쳤다. 끝이 날 것 같지 않은 대치였다.

"돈 다 내고 가셔! 안 그러면 경찰에 신고합니다?"

"이거 놔아. 이거 놓으란 말여!"

그는 용숙을 거세게 쏘아보더니 핸드폰을 들었다. 억센

손길이 풀리자 용숙은 그대로 달려 나갔다.

드디어 미령고개에 도착했다. 푸른 들판이 펼쳐진 곳에서 모두가 환하게 웃고 있던 곳. 그곳에서 샛노란 원피스를 입은 혜정이 새초롬한 포즈를 어설프게 취하며 카메라 앞에 서 있었고, 혜선과 혜욱은 옆에서 환하게 웃고 있었다.

분명 그랬는데 지금 용숙 눈앞의 미령고개는 눈으로 뒤덮였고, 군데군데 얼음이 녹은 곳은 말라버린 잔디가 드러나 있었다. 그리고 아무도 없었다. 드넓은 공터에 오직 용숙 혼자였다.

활짝 핀 민들레 같은 아이들이 서 있던 그 자리에, 민들레 홀씨처럼 금방이라도 힘없이 날아갈 것 같은 용숙만이 서 있다.

용숙은 늙었고, 곁에 들려오던 아이들의 웃음소리 대신 이제는 정적이 그를 에워쌌다.

분명 요양원에서는 쑥지짐이 나왔는데 봄이 되어 쑥도 풀도 고개를 치켜든 들판이 있어야 할 미령고개에 왜 눈이 쌓여 있을까. 봄이 아니라 겨울이었구나.

용숙은 다리에 힘이 풀려 털썩 주저앉을 수밖에 없었다.

미령고개

경찰차가 사라지자 불편한 정적만 남았다. 이모와 삼촌은 넋이 나갔고, 그 앞에서 직원들은 고개를 조아리며 "날 밝는 대로 저희도 다시 한번 찾아보겠습니다. 정말 죄송합니다"라는 말만 반복했다. 삼촌은 재빨리 차에 시동을 걸더니 현성과 혜선을 불렀다.

"뭐 하고 있어. 엄마 가셨을 만한 데부터 가보자고!"

조용한 마을 도로 위에 두 불빛이 나란히 움직였다. 할머니를 태우고 다니던 삼촌의 차와 할머니에게서 물려받은 현성의 차 라이트였다. 경찰관 말에 따라 삼촌은 해울 집으로 먼저 가보자고 제안했다.

"치매 노인들은 보통 기억이 선명하게 떠오르는 곳을 가려고 하세요."

삼촌과 이모가 연달아 해울 집과 할아버지 병원을 떠올리는 사이 현성은 조용히 미령고개를 읊조렸다. 속삭임을 들었는지 이모는 그럴 리 없다는 듯 세차게 고개를 저었다.

"미령에 뭐가 있다고. 노인네가 혼자 그 먼 데를 어떻게 가셔."

둘의 대화를 들은 경찰관이 현성에게 다가왔다.

"미령이라고 하셨나요?"

"네……."

"미령이 할머님 고향인가요?"

"아니요, 그건 아닌데…… 할머니한테 미령 이야기를 자주 들어서……."

처음으로 들린 낯선 지명에 솔깃하던 것도 잠시, 그다지 설득력이 없는 현성의 말에 그는 다시 등을 돌렸다. 할머니가 많은 시간을 보냈던 곳을 주로 둘러보라는 경찰관 말을 따라 이모와 삼촌은 해울 집으로 향했다. 과연 할머니가 그곳에 있을까? 현성은 확신이 들지 않았다. 할머니를 기쁘게 해준답시고 내일 보러 갈 거라는 말을 하지 않은 자신이 원망스러웠다. 만약 미리 말했더라면, 적어도 내일까지는 할머니가 현성을 기다리지 않았을까. 무의미한 후회가 자꾸만 올라왔다.

별도 달도 보이지 않는 희미한 밤이었다. 막다른 골목길 끝에 있는 파란 철문은 활짝 열려 있었고 그 사이로 이모와 삼촌은 엄마를 부르며 달려 나갔다. 이모와 삼촌이 손쉽게 지나친 앞마당에서 현성은 할머니가 이곳에 머물다 갔다는 걸 단숨에 알아차릴 수 있었다. 흙 위로 엉성하게 걷어진 눈이며, 새까맣게 때가 탄 평상에 군데군데 지워진 얼룩이며. 그만이 남겨둘 수 있는 표식이었다.

해울 집을 떠날 때 엉성하게 엎어 두었던 수돗가의 빨간 바가지를 뒤집자 오랜 시간이 지났는데도 역시나 열쇠는 그 자리였다. 다급한 손길로 현관문을 딴 이모는 신발을 벗지도 않고 집 안으로 들이닥쳤다.

용숙이 요양원에 가던 날, 현성은 머지않아 할머니가 다시 돌아올 거라고 굳게 믿으며 마룻바닥을 깨끗이 닦았다. 그러나 그 믿음은 조각난 채 걸레질한 마룻바닥 위로 이모와 삼촌의 발자국이 가득 찍혔다.

그도 그럴 수밖에 없는 것이, 사람이 오래 드나들지 않은 해울 집은 온기는커녕 냉기뿐이었다. 이모와 삼촌이 온갖 방문과 장롱까지 뒤지며 할머니를 찾았지만, 현성은 할머니가 집 안까지는 들어오지 않았으리라 짐작할 수 있었다. 늘 텃밭을 가꾸면서도, 평상에 앉아 시장에 내다 팔 채소를 다듬으면서도 버릇처럼 중얼거린 말 때문이었다. 사람 사는 곳에는 온기랑 음식 냄새가 있어야 한다고, 그래야 쓸쓸하지 않다고.

지금 해울 집엔 아무런 온기가 느껴지지 않았다. 그저 매정한 냉기가 코끝을 치고 갔다.

할머니는 이곳에 아주 잠시 동안만 머물다가 다시 떠난

것 같았다. 엉망이 된 마당 텃밭을 보며 속상해하고 평상에 잠시 앉아 쉬고 바로 떠났을 것이다.

할머니는 이다음 어디로 갔을까. 오늘 이곳에 와서는 무슨 순간을 떠올렸을까. 냉기만 가득한 여기에서 그토록 경계하던 쓸쓸함을 다시 마주하진 않았을까…….

집 안을 헤집던 이모와 삼촌은 소득 없이 마당으로 나왔다. 허무한 표정의 그들은 나란히 평상에 걸터앉았다. 할머니의 한결같은 생활 반경을 곱씹느라 여념이 없었다. 하지만 현성은 여전히 할머니가 그들의 추측 선상에 없는 곳으로 갔을 수도 있다고 생각했다. 평상에 앉아 할머니는 늘 해울이 아닌 다른 곳을 떠올렸으니까. 조카의 말을 대수롭지 않게 여기는 이모와 삼촌이 불편하여 그 기색을 숨기기 힘들어질 때쯤 시현에게서 전화가 왔다. 늘 고요한 현성의 핸드폰을 요긴하게 만드는 유일한 인물이었다.

"현성아, 무슨 일이야 갑자기."

가게를 마친 새벽인지라 낮게 깔린 목소리에서 피곤이 느껴졌지만 걱정이 묻은 목소리였다. 현성은 가게에서 일한 지 얼마 지나지 않아 시현에게 자신을 이름으로 불러달라고 부탁했다. 꼬박꼬박 '현성 씨'라고 부르는 게 낯간지러웠으니까. 현성은 "할머니가……" 하고 말을 이으려 했지만 울컥 목소리가 잠겼다. 때론 겪고 있는 현재를 설명하는 일이 그보다 더했던 지난날을 꺼내어놓는 일보다도 어렵다는 걸 현성은 처음 알았다.

"할머니가 왜?"

"할머니가 요양원에서 사라지셨어요."

헉 소리와 함께 당황한 숨소리가 고스란히 전해졌다.

"경찰에 신고하고 지금은 해울 집에 왔어요. 혹시 계실까 봐서……."

"안 계시는구나."

"네, 할머니 찾을 때까진 가게에 못 나갈 것 같아요."

"으응. 현성아, 가게는 걱정하지 마. 할머니 무사하실 거야. 정말이야."

짧은 위로였지만 파동은 길었다. 아마 시현은 입술을 잘근잘근 씹으며 말했을 것이다. 잠깐 사이에도 감추는 것 없이 모든 걸 보여주던 시현의 모습이 눈에 선했다. 통화를 마치고 뒤돌아서는 그때, 누군가가 현성을 불렀다.

"어머, 거기 현성이니?"

시장에서 할머니와 현성을 챙겨주던 반가운 얼굴이었다. 쌀집 앞에서 장사를 마무리하고 집에 갈 때면 그는 늘 장바구니에 콩이나 잡곡 한 되씩을 부어주었다. 현성이 느꼈던 해울의 따스함도 아마 거기서부터 시작됐을 테다. 그는 현성을 와락 안더니 얼굴을 찬찬히 뜯어보았다.

"이게 얼마 만이야! 현성인 그대로네. 할머니 모시고 왔구나?"

"할머니요?"

"그래, 아까 오후쯤에 할머니가 지나가셔서 깜짝 놀랐어. 내가 잘못 본 줄 알고."

"오늘 보셨다고요?"

"응, 아주 오랜만에 봬서 어찌나 반가웠던지."

그는 반가운 마음에 현성의 당황스러움을 읽지 못한 눈치였다. 그대로 몇 번 더 현성을 토닥이더니 자주 놀러 오라는 인사와 함께 자리를 떴고, 현성은 그대로 뛰어 들어가 소리쳤다.

"이모, 삼촌! 할머니 오늘 여기 지나가셨대요."

허탈한 표정으로 앉아 있던 삼촌이 용수철처럼 자리에서 일어났고, 이모는 해쓱한 얼굴로 고개를 들었다.

"뭐라고?"

"오후쯤에요. 쌀집 사장님이 골목에서 할머니 봤대요."

이모는 "그러면 멀리 가지 않으셨을 텐데" 하며 중얼거렸고, 삼촌도 덩달아 "거봐. 내가 집 근처일 것 같다 그랬잖아" 하며 부추겼다.

"그러면 거기 계시지 않을까?"

"어디, 아버지 병원?"

"어."

"일단 가보자."

둘 다 현관문을 잠그지도 않은 채 성큼성큼 걸어 나갔지만, 현성은 할머니가 평소 하던 대로 빨간 바가지 아래에 열쇠를 놓고 걸쇠까지 단단히 잠그고 나서야 그들을 따라나섰다. 곧이어 해울 시내에 있는 큼지막한 종합 병원에 도착했다. 어찌나 넓은지 셋이 둘러보기엔 턱없이 부족해 보였다.

삼촌은 안내 방송을 부탁하겠다며 어디론가 뛰어갔고, 이모는 익숙하게 혈액내과 병동을 찾았다. 현성이 태어나기도 전, 할아버지는 오랜 기간 백혈병을 앓았다. 장기 입원이 잦았고, 수시로 병원을 들락날락해서 할머니는 삼사십 대의 대부분을 이곳에서 보냈다고 했다. 병동 안의 사람을 세워가며 치매 노인을 보았는지 묻는 이모 옆에서 현성은 할머니의 지난 세월을 되짚었다. 그때 할머니가 있던 곳은 어땠을까…….

"아, 아. 안내 방송입니다. 이름은 현용숙, 칠십 대 여성 치매 노인을 찾습니다. 백오십오 센티미터에 짧은 파마머리, 보통 체격이며 백색 원피스를 착용했습니다. 해당 노인을 발견하시면 가까운 직원에게 안내해주시기를 부탁드립니다. 아, 아, 다시 한번 말씀드립니다……."

어지러웠다. 병원의 기계 소리도, 삼촌의 목소리도, 이리저리 퍼지는 이모의 질문도. 현성은 또다시 할머니는 이곳에 없을 것이란 확신이 섰다. 사람 온기도, 음식 냄새도, 푸릇한 들판도 없었으니까. 온전치 않은 당신이 아무리 익숙하게 여겼던 곳이라 한들 병원을 떠올렸을 리 없었다.

할머니가 쓸쓸하지 않을 곳은 어디일까. 할머니와 가장

많은 시간을 보낸 현성만 느낄 수 있는 그곳은 미령이었다.

동이 서서히 터왔다. 할머니에 대한 제보는 감감무소식이었고, 현성은 병원 로비에 쭈그려 앉았다. 한여름 밤의 꿈에서 벗어난 이후로 한 번도 긴장을 놓지 못했던 탓일까. 이 상황에서도 졸음이 불쑥불쑥 찾아왔다. 그때 주머니 속에서 느껴지는 진동이 현성을 깨웠다. 낯선 번호는 다름 아닌 경찰이었다.

"차현성 씨, 맞으신가요?"

"네."

"아드님, 따님이 다 전화를 안 받으셔서요. 할머님 찾은 것 같습니다."

순간 찬물을 끼얹은 것처럼 졸음이 가셨다.

"미령 지구대에서 연락이 왔어요. 실종 신고 된 치매 노인인 것 같다고요."

현성은 더 들을 새 없이 주차장으로 달려 나갔다. 저 멀리서 뛰어오는 이모가 보였다. 핸드폰 너머로는 사무적인 음성이 이어졌다.

"저희도 출동해야 하니 같이 가시죠."

얼마 지나지 않아 사이렌을 울리며 온 경찰차 안에서 간략하게 상황을 전해 들었다. 미령고개였다.

"미령에 뭐가 있다고? 도대체 그 멀리까지 노인네가 어떻게……."

"현성아, 미령인 줄 어떻게 알았어?"

앞 좌석에 앉은 경찰관도 귀 기울이는 듯했다.

"옛날에 할머니랑 살 때 미령고개 종종 이야기하셨어요. 할아버지 돌아가시고 나서 엄마랑 이모, 삼촌이랑 놀러 갔었다고. 해울 집 신발장 옆에 여행 갔을 때 찍은 사진도 꽤 많았고요."

이모와 삼촌의 낮은 탄식이 마침표를 찍었다. 곧이어 이모는 정신이 온전치 못한 엄마가 미령까지 갔다는 사실에 목 놓아 울었다. 고속도로 위 미령을 가리키는 표지판이 하나둘씩 늘어갔고 이모의 울음도 이내 점점 잦아들었다.

"엄마가…… 엄마가 참 좋았나 봐. 우리랑 놀러 갔던 때가. 나는 그것도 모르고……."

할머니는 현성에게 이런저런 얘기를 해주었다. 몇 번씩 들어 다 꿰고 있는 이야기는 지겨움보다 안정감으로 다가왔다. 가을이 와 만개한 용담을 보고, 금목서 향을 맡고, 수돗가의 민들레를 보면서도. 시장에 가기 전 채소를 다듬을 때도. 현성의 시간과 기억은 온통 할머니가 차지하고 있었다.

그중에서도 제일 귀에 익은 이야기가 바로 미령고개였다. 할머니가 미령고개 이야기를 시작할 때면 현성은 신발장 위에 있는 엄마 사진을 갖고 왔다. 노오란 원피스를 입고 있는 엄마와 그 뒤에 펼쳐진 푸르름을 보고 있노라면 가보지 않은 미령고개가 눈앞에 그려지는 것 같았다.

라디오처럼 잔잔히 귓가에 울리는 할머니의 목소리는 그때의 기억을 다시 생생하게 느끼는 데 한몫했다.

"그이가 떠나고 애들 데리고 가족 여행을 갔제. 그때가 아마 혜선이 스물넷, 혜욱이 스물둘, 혜정이 열아홉이었을 것이여. 그렇게 먼 곳을. 그이 아프고 난 후로 여행은 가보질 못했응게. 처음이자 마지막 가족 여행이었제."

처음 미령고개 이야기를 듣던 날, 현성은 입을 꾹 다물 수밖에 없었다. 할머니의 막내딸을 자기가 앗아간 것만 같았다. 이것저것 물어보다가도 입을 꾹 다물자, 할머니는 조용히 머리를 쓰다듬으며 현성의 어깨를 꼭 끌어안았다. 품 안에서는 텃밭 풀 향기와 시큼시큼한 땀 내음, 그리고 연하게 배인 금목서 냄새가 났다.

"현성아, 나는 지금이 참 좋다. 손주랑 같이 평상에서 얘기하제, 사계절 함께 날 수 있제. 내가 해준 밥 매 끼니 맛있게 먹는 니 모습 보제. 시상 부러운 게 하나도 읎어야."

미령고개 진입로는 꽤 험했다. 한동안 덜컹거리던 차가 목적지에 도착했다는 안내 음성을 울리며 멈춰 서자 모두가 일사불란하게 안전벨트를 풀어 헤쳤다. 고개 앞 길목에서 미령시 경찰들이 기다리고 있었는데, 이모는 주차된 경찰차 창문에 황급히 얼굴을 붙이고 할머니를 찾았다. 그 모습을 본 한 경찰관은 미령고개 언덕을 가리키며 말했다.

"저어기, 저 위에 앉아 계셔요. 아무리 모시고 내려오려고 해도 말을 안 들으시더라고요."

그 말에 일제히 고개를 들어 미령고개를 바라보았다. 언덕 군데군데 녹지 못한 눈에 햇빛이 반사되어 눈을 찌푸릴 수밖에 없었다. 손 그늘을 만들어 미령고개를 더듬어 찾은 사람의 형체. 흰옷을 입고 있는 할머니는 잔디밭에 가만히 누워 있었다. 흰옷에 풀물이 들어 초록빛으로 변해가는데도 할머니는 텅 비어버린 눈동자로 저 너머의 어딘가만 훑고 있었다.

이모와 삼촌은 가파른 언덕을 쉼 없이 뛰어 올라갔다. 따가운 햇살에도 다 녹지 못한 눈 얼음에 몇 번을 고꾸라졌다. 현성은 미령고개 초입에서 멈춰 섰다. 정말 미령이구나. 상상만 하던 그곳에 진짜로 오게 될 줄이야. 과연 할머니는 이 먼 곳에서 무얼 찾고 싶었던 걸까.

잃어버린 남편과 막내딸을 찾으려 했을까? 할머니의 인생을 떠받치던 지지대 두 개가 갑자기 훅 빠진 셈이었다. 언덕 위에 있는 그는 더없이 무기력했고 슬퍼 보였다. 감히 현성이 용숙의 슬픔을 헤아릴 수 있을까.

몽중 여행

용숙은 눈 덮인 미령고개를 보고도 쉬이 내려올 수 없었다. 지금 밟고 있는 이곳은 용숙이 떠올린 모습이 아니었다. 푸르름과 여행의 설렘을 그대로 간직하던 미령고개는 어디 가고 홀로 서 있는 용숙뿐일까.

지금으로부터 삼십 년 전, 여행을 가기 전날부터 애들은 들뜬 표정으로 옷을 골랐다. 지도를 펼쳐놓고 미령을 짚어보기도 했다. 처음으로 해울을 벗어나는 날이라 용숙은 아이들보다도 훨씬 더 부풀어 있었다. 다만 미령에 도착한 지 얼마 지나지 않아 용숙의 기대는 점차 회한으로 물들었다. 미령에 간 그날에서야 처음 알았던 게 참 많았으니까.

미령고개를 넘어가면 작은 개울가가 있었다. 혜정과 혜욱은 바로 물에 달려들었고, 혜선은 앞에 서서 주춤주춤했다. 용숙은 새로 산 옷이 젖을까 봐 그런 거라고 마냥 가볍게만 생각했다. 그래서 어서 들어가 놀라고 등을 떠미는데,

화들짝 놀란 혜선이 했던 말은 용숙을 처음으로 멈칫하게 했다.

"엄마, 나는 물이 무서워요."

결국 혜선은 동생들이 장난처럼 뿌려대는 물줄기를 맞으며 용숙과 발만 담갔다. 혜욱과 혜정이 개울가에서 다슬기를 잡는다며 용숙에게 옷소매를 걷어달라고 달려왔다. 혜정은 노란색 치맛자락이 물에 다 젖어가는 줄도 모르고 다슬기 잡는 데에만 푹 빠져 뒤꽁무니를 빼고 있었다. 용숙은 혜정에게 못내 미안했다. 엄마의 빈자리가 가장 크게 다가왔을 아이였으니까. 제대로 된 보살핌의 부재가 아이의 결점으로 자리 잡을까 조마조마했다. 그런데 오히려 혜정은 무엇이든 주저 없이 흠뻑 빠져들 만한 용기가 있는 아이였다.

어둑어둑해질 때쯤이 돼서야 그들은 개울가에서 나와 다시 미령고개를 넘었다. 앞장서 가던 용숙은 혜욱이 계속 뒤처지자 빨리 오라며 채근했다. 해지기 전에 들어가야 한다며 한사코 중얼거리던 용숙에게 혜선은 낮게 속삭였다.

"엄마, 혜욱이 발이 안 좋아서 오래 못 걸어요. 조금만 쉬었다 가요."

용숙에게는 가물가물해진 기억이었다. 혜욱이 중학교에 다닐 무렵, 축구 하다가 발을 다쳐 들어왔다. 안 그래도 남편 일로 자주 들락거리는 병원 일에 진절머리가 난 용숙은 그저 혜욱을 꾸짖었다. 축구 선수가 될 것도 아닌데 뭣하러 발까지 다쳐 오냐며 온갖 무안을 주었다. 그렇게 용숙의 기억 속에서는 잊힌 일이었는데. 그때 다친 게 혜욱을 여지껏 붙잡고 있을 줄은 몰랐다.

스무 해가 넘도록 정작 아이들에 대해 아는 게 하나 없었다는 걸 깨닫자 용숙은 가슴이 미어졌다. 혜욱은 용숙에게 꾸중을 들을까 봐 먼발치에서 아픈 발로 뛰어오기까지 하는 것이었다. 그런 오빠 옆에서 쫑알거리며 혜정이 걸음을 맞춰주는 모습을 보면서 용숙은 생각했다. 아무것도 모르면서 아이들 발목을 붙잡는 엄마 곁에 있을 바에야 형제들끼리 보듬고 사는 게 훨씬 나을 거라고. 아이들이 해울 밖으로 나간다 하면 아쉬워 말고 풀어주자고.

해 질 녘, 미령고개는 가도 가도 끝없이 멀게만 느껴졌다. 혜욱은 끝내 조금만 쉬었다 가자며 말을 붙였고, 용숙은 그런 아들에게 미안해 눈물이 쏟아질 것만 같았다. 얼굴을 보지도 못한 채 앞장서던 걸음을 멈춘 용숙은 우두커니 서서 혜욱에게 업히라며 등을 내보였다. 혜욱은 "내가 엄마한테 어떻게 업혀. 엄마 업어드려도 모자랄 판에" 하며 허허 웃고는 용숙을 지나쳤다.

그랬다. 애들은 용숙 없이 잘만 컸다. 용숙은 아등바등하며 어렵사리 가족을 일궜다고 생각했지만 따져보면 남편은 죽었고, 애들은 훌쩍 커서 이내 해울 밖으로 떠날 것이다. 세월은 되짚을 수 없을 정도로 빠르게 지나갔다. 그제야 용숙은 자기 손으로 하나하나 삶을 돌보기 시작했다. 마당을 가꾼 것도 그즈음에서였다. 삶이 건조해 병원만 들락거릴 때는 계절이 바뀌는 줄도 몰랐는데 처음으로 제철 채소들을 기르고 따서 먹었다.

남편이나 아이들을 뒷바라지하려고 있는 사람이 아닌, 그저 현용숙이 처음으로 살아 있음을 느끼는 순간이었다. 날씨에 맞게 피고 지는 꽃과 식물, 텃밭에서 난 재료로 해 먹는 한 끼. 별것 아닌 일상은 용숙이 매일매일 땅에 발붙이고 존재한다는 사실을 일깨워주었다. 자식들과 보내지 못한 시간은 손녀 현성과 함께하며 점차 채워나갔다. 용숙은 싹을 틔우고 이내 피는 꽃처럼 아이가 자라 어른이 되는 모습을 처음으로 쭉 지켜볼 수 있었다. 자식을 키우던 시절에는 남편의 병간호를 하거나 벌이를 위해 집을 나서야 했으니 이렇게 누군가의 성장 과정을 지켜보는 것은 세 아이의 엄마인데도 난생처음이었다.

"엄마아, 나 오늘 민들레 닮았지" 하며 함뿍 웃는 혜정은 마치 푸릇한 생명력을 사람으로 빚은 것 같아 차마 사진으로 안 남기곤 배길 수 없었다.

오늘도 미령고개에서 세 아이들이 그렇게 씩씩하게 웃고 있을 줄 알았다. 고요함에 잠겨 미령고개를 추억하던 것도 잠시, 언덕 아래서 요란한 소리가 울렸다. 무슨 일인가 싶어 용숙은 굳은 몸을 일으켰다. 저 멀리서부터 혜선과 혜욱이 뛰어오고 있었다. 아직 얼음이 녹지 않은 탓에 혹 넘어지진 않을까 보는 사람조차 조심하게 되는 헤픈 뜀박질이었다.

"엄마, 큰일 나면 어쩌려고…… 이렇게 멀리까지 어떻게 오셨어."

혜욱은 헉헉대며 크게 숨을 몰아쉬었고, 혜선은 주저앉아 펑펑 울며 용숙의 몸을 이리저리 살폈다. 혜선이 선물한 옷에 묻은 얼룩과 풀물이 용숙의 부족함을 여실히 드러내는 것만 같아 발가벗겨진 것처럼 부끄러웠다. 혜욱은 체온이 더 떨어지면 안 된다며 용숙에게 등을 내보였다. 용숙이 머뭇거렸지만 아이들의 재촉에 어쩔 수 없이 몸을 내주었다. 그러자 그리웠던 애들 냄새가 훅 풍겨왔다. 용숙이 혜선과 혜욱을 같이 보는 것도 참 오래간만이었다. 여행 이후로 다 같이 본 적이 기억나지 않았다. 그럼에도 혜정은 보이지 않았다.

언덕 아래로 한 걸음 한 걸음 뗄수록 낯선 이들뿐이었다. 용숙이 기대하고 기다렸던 혜정은 어디에도 없었다.

"혜정이는 안 왔어?"

"엄마아, 혜정이 보고 싶어요?"

성큼성큼 발을 내딛던 혜욱의 걸음도, 내내 떨어지던 혜선의 눈물도 멈췄다. 용숙은 보란 듯이 크게 고개를 끄덕였다. 그러자 혜욱은 어깨 너머로 용숙과 눈을 맞추더니 나지막이 말했다.

"나도."

"으응?"

"나도…… 엄마, 나도 혜정이 보고 싶다."

그러자 내내 울어 목소리가 잠기지 않았을까 싶어 혜선이 용숙의 귓가에 대고 소리쳤다.

"왜 자꾸 혜정이를 찾아!"

그만하라는 혜욱의 말에도 혜선은 아랑곳하지 않았다.

"왜, 왜! 상처를 후벼 파. 혜정이는 여기 없는 데에!"

얼마나 소리를 질렀는지 목소리가 다 갈라졌다.

"혜정이 죽었잖아. 혜정이 죽을 때 제일 멀쩡했던 사람이 엄마였잖아! 혜정이 장례식 때 울지도 않았잖아. 그동안 혜정이 얘기 한 번도 안 했으면서 갑자기 왜 그러는데."

혜정이 죽다니. 다 같이 미령에 놀러 온 게 엊그제 같은데. 그렇게 씩씩하던 애가, 어디서든 피어날 수 있는 민들레 같던 애가 죽다니. 용숙은 믿기지 않았다.

"엄마, 미령에 혜정이 찾으러 왔어?"

"그라제. 혜정이도 보고 혜선이랑 혜욱이도 다 같이 보고 싶어서 왔제."

용숙의 당찬 대답에 아들딸은 언덕을 다 내려올 때까지 아무 말이 없었다.

"그러면 현성이는? 혜정이가 떠날 때 남기고 간 게 현성이잖아."

"현성이가 누구야."

용숙의 말에 혜선이 다시 큰 소리로 울기 시작했다. 현성이…… 현성이는 누구지. 현성이가 누구였지. 아주 익숙한 듯했지만 용숙의 기억에 현성은 없었다. 혜정과 현성의 이름을 번갈아 가며 몇 번이고 되뇌었지만 여전했다. 동시에 용숙은 덜커덩 흔들리는 차체의 진동을 느끼며 후끈한 열기에 그대로 빨려 들어갔다.

몽롱함 끝에 다다른 건 또다시 병원이었다. 몸을 이리 훑고 저리 훑어도 아픈 곳이 없는데 내가 무슨 일로 병원에 왔을까. 옆에는 앉아 기도하고 있는 남자는 누굴까. 얼굴이 좀처럼 보이지 않는다. 혜선과 혜욱은 전까지 같이 있어놓고 어디로 갔는지. 옆에 있던 남자는 벌떡 일어나서 초조한 듯 수술실 앞 복도를 이리저리 맴돌다가 용숙에게 다가와 말했다.

"어머니, 혜정이 괜찮을 거예요. 수술 잘 끝나고 나올 거예요."

혜정이 수술실에 있다고? 용숙은 수술실에 들어가는 간호사를 붙잡고 이 사람의 말이 맞는지, 혜정을 좀 불러달라고 말하고 싶었지만 어째서인지 몸이 좀처럼 말을 듣지 않았다. 아니, 의지대로 움직일 수 없었다. 과거에 지배된 꼭두각시처럼 흘러가는 시간 속에서 용숙이 겨우 정신을 차리자, 어느새 또 다른 곳으로 옮겨져 있었다. 투명한 유리창 앞, 용숙을 어머니라 부르던 그는 여전히 옆에서 손수건으로 연신 땀을 닦으며 다리를 떨었다. 간호사가 유리창 안에서 뭐라 뭐라 말하자 보조 의자에 앉아 있던 이들이 유리창에 달라붙었고, 이내 팔뚝보다도 작은 아이들이 카트에 실려 나왔다. 좀 전의 남자와 용숙 앞에도 카트가 멈춰 섰다. 새빨간 얼굴로 울음을 그치지 못하는 한 아이가 누워 있었다.

갓 태어난 아이인가 본데 용숙은 왜 자기 앞에 있는지 도무지 알 길이 없다. 의아함에 카트를 살피자 아이의 이름 대신 '산모 윤혜정'이라는 이름표가 붙어 있었다. 혜정이의 아이라고?

남자는 "어머니, 아기 보고 계세요. 저는 혜정이한테 좀 다녀올게요" 하곤 복도 끝으로 사라졌다. 용숙은 자신도 혜정에게 데려가달라고 열심히 소리쳤지만 밖으로 내뱉어지는 소리는 하나도 없었다. 안에서만 목소리가 메아리칠 뿐이었다. 용숙은 유리창 앞에서 벗어날 수도, 한 걸음을 내디딜 수도 없었다.

"어머니, 식기 전에 드세요. 곧 혜정이 면회 시간이에요."

여긴 또 어디인가 둘러보았다. 유리창 앞도, 수술실 복도도 아닌 식당이었다. 잠깐 사이에 더욱 수척해진 얼굴의 남자와 제대로 얼굴을 마주하고 있었다. 그러자 희미하게 지워진 용숙의 기억 저편에서 종이 울렸다. 차기호. 차기호였다. 혜정이 결혼하겠다며 데려온 그이다. 그건 그렇고 곧 면회 시간이라고? 드디어 혜정을 만날 수 있다는 반가움에 용숙은 얼른 수저질했다. 손에 감각이 없어 무얼 하는 건지는 느

꺼지지 않았으나 자신이 할 수 있는 무언가를 빨리 해치우려고 노력했다.

다시 정신이 들었을 때, 용숙은 비닐 가운을 걸치고 머리에는 얇은 비닐 캡을 쓰고 있었다. 남편이 무균실에 있을 적 했던 옷차림과 같았다. 옆을 보자 차기호도 같은 차림이었다.

"면회 시간입니다. 종료 시각은 세 시입니다."

하얀 가운을 걸친 의사가 문을 열고 외쳤고, 차기호는 익숙하게 용숙을 이끌고 얇은 칸막이가 쳐진 병상으로 향했다. 이 침대는 남편이 항상 누워 있던 곳인데 왜 혜정이 이곳에 있을까. 자신을 둘러싼 기계에서 들리는 소음과 번쩍이는 불빛 탓에 용숙은 정신이 혼미해졌다. 그토록 보고 싶던 혜정이었는데 민들레 같던 씩씩함은 하나도 없이 병실에 누워 있는 모습이라니…….

병상에서 몸을 일으킬 힘도 없는지 혜정은 빙그레 웃기만 했다. 노오란 원피스를 입고 함뿍 웃던 그때처럼 미소 짓고 있을 줄만 알았는데. 환자복을 입은 채 핏기 없는 얼굴을 한 혜정을 보자 용숙은 남편의 마지막 모습이 생각났다.

잊고 싶은 죽음의 기억과 먼 과거의 아픔을 불러오는 이곳은 무섭고 쓸쓸했다. 벗어나지 않은 채 이곳저곳을 의지와 관계없이 부유하는 시간이었다. 용숙은 또다시 갓난아이 앞으로 옮겨졌다. 어느덧 산모 이름이 지워진 채 아이 앞에는 차현성이라는 글자가 쓰여 있었다. 좀 전까지 눈앞에 있던 혜정이 없어졌다. 무언가 잘못되었다고 차기호에게도, 앞에 있는 간호사에게도 고래고래 소리를 지르려고 했지만 역시나 용숙의 목소리는 하나도 들리지 않았다.

"어머니, 그동안 자리 비워서 죄송합니다. 도저히…… 도저히 혜정이 없이 현성이를 볼 엄두가 안 났습니다. 혜정이가 죽기 전에 제게 그랬어요. 자기 몫까지 현성이 키워달라고. 제가…… 제가 혜정이처럼 잘 키우겠습니다."

혜정이 죽었다는 말인가? 그럼 해울에서 있던 기억은? 용숙과 텃밭을 가꾸고 시장에 있던 아이는 누구란 말이지. 그럼 용숙의 곁을 지킨 그 아이가 혜정의 아이였다고? 마당 평상에서 조잘대던 그 아이도, 쑥지짐을 해주었던 사람도 모두 현성이었다고? 용숙은 그제야 자각했다. 현성을 혜정이라고 불렀던 거구나. 나는 아이에게 자기를 낳다가 죽은 엄마의 이름만 불렀구나. 그러면 안 됐는데.

이제 어디로 가는 걸까. 용숙은 긴 시간선 여기저기 핀이 꽂히듯 옮겨 다녔다. 마지막으로 닿게 되는 시간은 언제일까. 분명 과거의 시간 속에 생생하게 함께하고 있었지만 의식은 하늘에서 내려다보는 듯 희미했다.

다시 정신을 차리니 검은 상복을 입은 채 골방이었다. 남편의 장례식이려나 하고 밖에 나가자 혜선과 혜욱이 벽에 기댄 채 곯아떨어져 있었다. 혜정은 어디 있나 숨을 쉬는 모든 이들을 훑었지만 그곳엔 없었다. 몇 번을 망설이다 새하얀

화단 위로 시선을 멈추자, 그 아이는 그제야 미령고개에서처럼 밝은 웃음을 짓고 있었다. 모두가 울고 있는 그곳에서 환하게 웃고 있는 사람은 혜정뿐이었다.

용숙은 그제야 남편 윤경복 씨를 보내고 나서 얼마 지나지 않아 또 장례식을 치른 기억이 떠올랐다. 그늘진 혜선의 얼굴에는 눈물 자국이 말라붙어 있었다. 큰 손으로 딸의 뽀얀 얼굴을 쓸면서도 다 터진 손이 고운 얼굴에 흠집이라도 낼까, 혹시 잠을 깨우진 않을까 힘을 주어 얼굴을 쓸지도 못했다. 반면 용숙의 얼굴엔 눈물 자국 하나 없었다. 지금 이렇게까지 혜정을 그리워할 줄 몰랐던 걸까.

의식은 한동안 장례식장에 머물렀다. 꽤 많은 사람이 들락거렸는데 기억나는 얼굴은 많지 않았다. 사람들은 일렬로 서 있는 용숙과 혜선 그리고 혜욱에게 차례차례 인사를 건네고, 부둥켜안아 울기도 했지만 용숙에게서는 그 무엇 하나 떨어지지 않았다. 모두가 울고 있는 그곳에서 홀로 메말라 있었다. 감정도, 눈물샘도 더 이상 나올 것이 없다는 듯.

투둑투둑. 서늘한 장례식장에서 기분 나쁜 소리가 들려왔다. 두리번거려도 보이는 건 고요뿐이었다. 널브러진 신발장 사이에서 슬리퍼를 찾아 밖에 나가니 어스름한 새벽 공기가 용숙을 감쌌다. 뿌연 안개 너머로 고여 있는 물웅덩이에 빗방울이 떨어지고 있었다.

빗소리였구나. 겨울에도 푸르게 피어나는 화단 속 꽃배

추의 적색 봉오리를 감싸는 푸릇한 이파리에서도 빗방울이 튕겨 나갔다. 방울지게 튀어 오르는 그 소리가 마치 막내딸의 생명력을 닮은 것만 같아서 용숙은 그냥 지나칠 수 없었다. 듬성듬성 센 머리에, 검은 저고리에, 부르튼 손에 비가 흠뻑 스며들었다. 이내 비는 몸 구석구석으로 공평하게 퍼져 나갔다.

화장장으로 이동하는 동안 곡소리가 끊겼을 때는 딱 한 번이었다. 차기호가 현성이를 데리고 왔을 때였다. 갓난아이를 환히 반겨주지도, 그렇다고 마냥 울지도 못하는 불편한 공기가 용숙을 에워쌌다. 얼마 전까지 새빨간 얼굴로 빽빽 울어대던 현성은 조용했고, 싸개 속에 잘 있나 몇 번이고 확인할 정도로 얕은 숨소리만 뿜어댔다. 온갖 불편한 장면의 연속이었지만 벗어날 수 없음을 깨달은 용숙은 그저 순응할 수밖에 없었다.

또다시 장소가 바뀌었다. 이곳은…… 그래, 해울 집 평상이구나. 소쿠리 여러 개에 다듬다 만 작물들이 놓여 있고, 갓 캔 쑥을 따다 손질하는 손이 느껴졌다. 오랜만에 느끼는 감각이었다. 옆에 있는 라디오에는 지금으로부터 십 년은 넘었지만 당시로서는 최신 유행이었던 가요가 흘러 나왔다. 현성은 노래를 따라 부르다가 문득 말을 걸었다.

"할머니, 할머니는 몇 살에 결혼했어?"

"스물하나에 결혼했지."

"그러면 내가 사 년 뒤에 결혼한 거네?"

"그라제."

"할아버지는 몇 살이었는데?"

"스물일곱."

"할아버지하고는 어떻게 만났어?"

"같은 동네에 살았제. 그이도 나도 다 해울 출신이여. 해울 종합 시장 있쟈? 거기서 그이가 장사를 했었는디, 과수원 집 아들이었네. 나는 매번 장이 열리면 거기서 과일을 샀고."

"할머니 엄청나게 어렸다."

"뭐, 혜정이도 그맘때쯤 결혼했는디."

용숙은 한순간 변한 현성의 침울한 표정에 마음이 아팠다. 옛날을 떠올리며 어쩔 수 없이 혜정 이야기가 나올 때면 현성은 모든 죄책감을 떠안은 표정이었다. 그렇다고 용숙이 뭐라 위로를 하겠는가. 그저 아이의 물음에 대답하는 것이 용숙이 할 수 있는 최선의 위로였다.

"엄마가 스물넷에 나를 낳았으니까…… 우리 엄마가 스물셋에 결혼한 건가?"

"그라제."

"할머니는 엄마가 일찍 결혼한다고 했을 때 어땠어? 서운하진 않았어?"

"내가 딱 그맘때 결혼했는디, 뭐. 뭘 해도 좋을 때여. 뭘 해도 인정받고 아름다울 딱 그때."

"지금은?"

"지금은 뭘 혀도…… 그만허자."

"왜? 지금은 어떤데, 할머니."

한여름 매미 소리와 함께 그늘진 담벼락 아래로 불어오는 기분 좋은 바람이 콧등을 스쳤다. 좀 전처럼 현성과 평상에 앉아 두런두런 이야기를 나누다 보면 말을 하다가도 뜸을 들이게 됐다. 평화로운 순간에 느끼는 벅찬 기분 덕이었다. 불어오는 바람에 살랑이는 감각을 느끼며 가만히 고개를 끄덕일 때 용숙은 자신이 살아 있음을 느꼈다.

지금껏 지나쳐온 순간들. 집에 오면 엄마였고, 병원에 가면 간병인이었다. 아이들이 어느 정도 자랐을 때 찍은 사진이 어떻게 미령에서 찍은 것뿐인지……. 막내딸과의 기억이 사라질까 봐 남겨진 사진 몇 장에 연연하던 용숙은 병원에서 차기호의 얼굴을 보자마자 혜정과의 기억이 떠올랐다. 용숙은 정신이 또렷해질 때면 자기 남편처럼 오랫동안 아프며 주변 사람들의 시절을 앗아가기보다는 혼자 조용히 먼저 갔으면 하고 바랐다. 이내 병원에서 찬기가 스멀스멀 올라오더니 용숙은 또 다른 곳으로 이동했다. 서서히 정신이 들어 이제 어디로 왔나 눈을 떴다.

"나쁜 꿈 꿨어? 왜 울어."

현성이 휴지를 둘둘 말더니 용숙의 눈물을 닦아주었다. 여기가 어디지. 주위를 살펴보니 익숙한 것들이 보였다. 위에서 떨어지는 봉긋한 조명, 익숙한 무늬와 색깔의 장판, 벽걸이 시계 아래로 줄지어 있는 사진들. 저 너머 현관 밖에는 한여름을 보냈던 평상이 있겠지. 드디어 해울 집이구나. 이제야 여행을 마치고 돌아왔구나.

"할머니 기억나? 저기 평상에서 할머니가 옛날이야기 많이 해줬잖아. 우리 엄마 애기랑 미령고개 얘기도. 아, 맞다. 미안. 할머니가 아니라 엄만데……."

한결같이 죄책감만 심어준 용숙의 옆에 있어주는 현성. 용숙에게 할머니라고 불렀다며 사과하는 눈이 못내 서글프다. 손녀딸에게 미처 말하지는 못했지만 현성은 용숙이 가장 나다웠던 시절을 함께했다. 아이들과 하고 싶었던 걸 손녀와 할 수 있어 용숙은 참 행복했다. 용숙은 그런 아이에게 엄마의 죽음에 대한 죄책감만 안겨주었다.

"현성아…… 할머니가 미안타. 많이 미안해. 현성이 잘못한 것 하나 읎어. 내가 다 미안허다……."

그 말에 현성은 품에서 왈칵 벗어나 용숙을 응시했다.

"응?"

"내 새끼, 현성이…… 을마나 마음고생이 심했냐."

읊조리듯 조용조용한 용숙의 말에 현성은 한동안 울음을 삼키더니 잠긴 목소리로 노래를 부르기 시작했다.

"외롭게 나만 남은 이 공간, 되올 수 없는 시간들…… 빛바랜 사진 속에 내 모습은 더욱더 쓸쓸하게 보이네."

용숙이 몰래 부르곤 하던 노래였다. 지난 시간을 회상하며 문득 후회에 잠길 때마다 부르던 노래였는데 현성은 어떻게 이 곡의 가사까지 정확하게 외우고 있을까. 손녀딸은 티는 안 나지만 세심하고 다정했다. 현성은 아마도 할머니가 노래를 부르는 모습을 몇 번이고 관찰했으리라. 용숙은 이내 그다음 구절을 이어 불렀다.

"이렇게 슬퍼질 땐 노래를 부르자…… 환하게 밝아지는 내 눈물……."

"할머니 이 노래 기억나?"

용숙이 고개만 가만히 끄덕였다.

"지금은 어때. 아직도 쓸쓸해?"

"여전히 슬프제."

대답을 들은 현성의 눈에 또다시 눈물이 고일 기미가 보이자 용숙이 재빨리 덧붙였다.

"그래도 현성이 덕에 외롭진 않았제. 할머니를 혼자 남기지 않아줘서 고맙다, 현성아. 그리고 나가 참 모질게 굴어서 미안혀. 니가 엄마를 데불고 간 게 아니여. 그니께 자책하지 말어. 우리 현성인…… 민들레 같던 우리 혜정이가 불어다 준 새로운 꽃씨라. 해울에 내려앉은 새로운 꽃씨……."

***

괜한 죄책감을 주었는데도, 그간 한 번을 못 알아본 것 같은 데도 현성이는 여전히 슬픈 나를 사랑한다는 눈빛이다.

현성이와 같이 살 적에는 처음으로 부모님이 지어주신 이름대로 살 수 있었다. 맑을 용에 얼굴 숙. 먹고살 궁리도, 아픈 남편 때문에 속 썩일 일도, 아이들 걱정에 잠 못 이루는 밤도 없이.

고양이 같은 우리 현성이. 사람이 다가오면 경계심을 가득 세우지만 또 어느 순간 한없이 풀어지는 아이. 남들보다 훨씬 더 변화에 취약해서 끊임없이 장소를 옮겨 다니는 건 가슴 아픈 일이다. 그래서 더더욱 해울에 온 첫날부터 아이가 내게 모진 말을 던져도 묵묵히 받아들였다. 엄마를 잃고, 아빠도 빼앗기고 오갈 데 없는 이 외로운 아이가 해울에서 잘 적응해 나중에 돌아갈 곳이 없을 때 이곳을 떠올렸으면 했다.

마침내 그 씨앗은 해울 텃밭에 뿌리내려 꽃을 피웠다. 용담에 내려앉은 민들레 꽃씨처럼.

3부
강시현

봄과 쑥, 겨울과 5th Ave.

봄이 왔다. 바람은 괜스레 간질거리고, 기분은 붕 뜬 것처럼 부푸는 계절. 생명이 움트는 소리가 애써 귀 기울이지 않아도 쉽게 들려오는 때. 현성과 시현이 일한 지도 어느덧 반년이 다 되어 그사이 계절도 두 번이 바뀌었고 새해가 밝았다. 그런데도 둘의 퇴근길은 여전했다. 처음 만났던 날 걸었던 삼거리 가로등까지 둘은 나란히 발을 맞췄다.

현성은 휴무일을 보낸 다음 날이면 종종 가게에 푸릇한 채소를 가져왔다. 시현이 생각지도 못했던 제철 채소들은 싱그러움이 가시기 전에 그날 오는 손님들을 위한 서비스로 나갔다. 선연한 봄이 찾아온 어느 날 현성은 검은 비닐봉지 안에 갓 딴 듯한 쑥을 가져왔다. 시현은 출근길마다 굳이 이런 걸 사 오지 않아도 된다며 현성을 만류했다.

"이거 산 거 아니에요. 다 어젯밤에 딴 거예요. 친구가 마둑에서 텃밭이랑 가게를 하거든요. 가끔 양이 많으면 좀 가져가라고 연락이 와서요."

시현은 현성이 할머니가 아닌 누군가를 이야기하는 게 처음이라 조금은 놀랐고, 마둑과 서울처럼 먼 거리를 두고도 우정이 이어질 수 있음에 더 놀랐다. 장사를 하며 매일 반나절을 꼬박 붙어 있어도 현성이 누군가와 교류하는 걸 제대로 본 적이 없었기에 더더욱 그랬다.

시현이 한국을 떠나 뉴욕 생활이 길어질수록 오랫동안 쌓아온 관계는 하나둘 끊기기 시작했다. 뉴욕 발레단을 정리하고 한국으로 돌아온 시현은 찾아갈 곳도, 사람도 없었다. 거리가 멀어지면 아무리 가까운 사이라도 자연스레 멀어지던 과거가 생각나 시현은 자신의 생각을 비껴가는 현성의 우정이 내심 부러웠다.

평소 같았으면 시현이 제철 채소를 요리해 손님에게 내줬겠지만 오늘은 달랐다. 현성이 먼저 나서 군데군데 흙이 묻은 쑥을 큰 바가지에 담더니 몇 번을 담갔다 빼며 찬물로 헹궈냈다. 다른 재료 하나 없이 간소한 반죽에 기름을 가득 뿌려 쑥지짐을 부쳤다. 가게 안으로 정겨운 음식 냄새가 훈훈하게 들어찼다. 시현은 현성이 만든 쑥지짐을 조금 덜어 먹으며, 텃밭에 있는 쑥을 그대로 옮겨 온 것 같은 느낌을 받았다. 봄을 한가득 만끽할 수 있는 맛이었다. 젓가락질 끝에 입에 가져다 댄 쑥지짐에서는 쑥 향과 함께 뜨끈한 김이 올라왔다. 이전까진 쓴 기억밖에 없던 쑥이었지만 이번엔 쌉싸

름한 첫입 뒤로 씹을수록 고소하니 단맛이 퍼졌다. 현성이 종종 할머니 말을 빌려 제철 음식을 먹어야 한다며 말하곤 했는데, 시현은 이게 그 이유인가 싶었다.

현성은 그날도 기름이 묻어 번들거리는 입을 하고는 할머니와의 기억을 회상했다. 해울의 텃밭이 푸릇해지는 걸 보며 봄을 느꼈고, 할머니가 해주시는 쑥지짐으로 봄이 왔음을 맛볼 수 있었다. 바쁜 서울 생활 탓에 깜박 잊고 있던 이 기억들은 현성이 요양원에 가던 날 찢어진 종이와 풀잎을 뭉쳐 쑥지짐이랍시고 건네는 할머니의 손길을 보자 문득 떠올랐다. 시현은 자신에게 추억을 꺼내어주는 현성을 보며 함께 보내고 있는 이 시간도 언젠가 그런 추억 속 일부가 되면 좋겠다 싶었다.

시현은 현성이 미령고개에 가던 날 혼자 가게를 지켰다. 문을 닫을 때쯤이 돼서야 가게에 들른 현성은 집으로 바로 들어가라는 시현의 말에도 지친 기색으로 소파에 걸터앉았다.

"현성아, 할머니는?"

"당분간 이모가 할머니랑 해울 집에 있기로 했어요. 제 생각엔 앞으로도 쭉 해울 집에서 지내시는 게 더 좋을 것 같은데……."

뒷말을 흐리는 현성은 해울로 다시 돌아갈 생각까지 하는 것처럼 보였다. 시현은 현성을 붙잡고 싶었다. 현성과 같이 보내는 이 묘한 안정감을 붙잡고 싶은 이기심에 어떻게 회유할까 생각하던 찰나, 현성이 허탈하게 웃으며 말했다.

"오랜만에 차현성이라고 불렸어요."

"응? 내가 항상 현성이라고 부르지 않았나?"

갸우뚱거리는 시현의 고갯짓에 현성은 빙긋 웃더니 도통 알아들을 수 없는 소리를 늘어놨다.

"그래도 아무렴 상관없다고 생각했는데. 아니네요……. 저한테 미안하다고도 했어요. 내가 할머니라 불러도 의아하게 쳐다보지 않았고요. 그때 훔쳐 들었던 노래를 불렀는데 꼭 기억하시는 것만 같더라고요. 그게 뭐라고 이렇게 위안이 되네요."

실없이 웃고 있지만 보는 사람은 아려오는 현성의 미소에 시현은 흐르지도 않는 눈물을 닦아주고 싶다고 생각했다. 현성은 자신에게 그런 미소가 있는 줄도 모를 것이다. 종이를 접듯 반으로 휘어지는 눈 아래 익살스럽게 주름 접히는 콧잔등, 한껏 올라간 볼 밑에 우묵하게 파인 보조개. 유독 해울에서 할머니와 얽힌 이야기를 떠올릴 때면 도드라지는 표정이었다.

현성의 어린 시절에 해울과 할머니가 있었다면 시현에겐 발레가 있었다. 시현이 기억하는 어린 시절은 텅 빈 집에 홀로 남아 부모님의 늦은 퇴근을 기다리는 일뿐이었다. 학교가 끝난 뒤 동네 친구들과 놀이터에 나가 노는 것도 잠시뿐,

그 외의 시간은 늘 혼자였다. 한바탕 뛰놀며 흘린 땀이 바람에 마를 때쯤이면 친구들은 저녁 먹으러 들어오라는 엄마의 외침에 하나둘 집으로 흩어졌다. 그러나 시현은 마지막의 마지막까지 놀이터를 지켰다. 쓸쓸하게 남아 더 이상 배고픔을 견디지 못하고 터덜터덜 집으로 향할 때면 발걸음마다 부러움이 남았다.

"시현이는 좋겠다. 늦게까지 놀 수 있어서."

친구들이 중얼거리면 시현도 속으로 부러워했다.

'너넨 좋겠다. 엄마 아빠랑 따뜻한 밥 먹어서……'

시현이 발레를 시작하기 전까지 모두 이런 식이었다. 늘 혼자였다. 식당을 하던 시현의 부모님은 남들 끼니를 챙기는 데에 열중이었고, 시현의 끼니에는 주로 전날 식당에서 나온 잔반이 놓였다. 시현은 전자레인지에 급히 돌린 것 같은, 반쯤은 식고 반쯤은 아주 뜨거운 밥을 자주 먹었다. 한쪽이 뜨거운데도 차가운 쪽은 거의 온기가 옮겨지지 않은 특이한 식사라고 생각했다.

시현은 투정을 부릴 수 없었다. 바쁜 부모는 자식의 투정까지 받아줄 여유가 없어 보였다. 어린 나이에 결혼한 그들은 시현이 태어날 무렵까지 단칸방에서 살았다. 시현이 걸음마를 뗐을 때쯤 아빠는 모은 돈으로 작은 식당을 차렸는데, 다행히 장사가 꽤 잘되었다. 꽤가 아니라 아주 많이 잘됐다. 확장을 거듭하다가 멀지 않은 곳에 분점까지 냈고, 집에서 시현을 돌보던 엄마도 일손이 부족해지자 자연스레 일을 거들었다.

식당이 잘될수록 시현이 살던 집도 자주 바뀌었다. 구역 구분조차 되지 않던 단칸방을 벗어나 거실과 방이 생겼고, 초등학교 시절에는 시현의 방과 안방이 생기고도 남는 방이 있었다. 그렇게 집이 좋아졌어도 부모의 욕심은 좀처럼 줄어들지 않았다. 그들은 결핍을 채우려는 듯 계속해서 몸부림쳤다. 시현이 다 자라서도 이해할 순 없었지만 그들은 성공과 돈에 매몰된 삶을 살았다. 지금도 그랬다. 그래서 시현은 더더욱 그들과 거리를 둘 수 있는 먼 곳에 자리를 잡았다. 가까이에서 보고 있기에는 너무 버거웠기에.

여유로운 가정 형편으로 남부럽지 않은 어린 시절을 보냈지만 시현은 늘 허전했다. 혼자인 밤은 참 길었고, 그런 아이를 보듬어줄 사람도 없었다. 항상 기다림에 지쳐 거실에서 잠들었고, 퇴근한 아빠는 피곤한 한숨과 함께 시현을 들어 방으로 옮겨주었다. 그런 순간마저도 좋았던 시현은 현관문 소리가 들릴 때면 종종 자는 척을 했다. 언젠가는 실눈을 뜬 시현에게 아빠는 이렇게 말했다.

"안 자는 거 다 알아. 아빠 피곤하니까. 어서 방으로 들어가서 자."

그 뒤로 시현은 엄마 품에도, 아빠 품에도 안길 수 없었다. 하고 싶은 말이 참 많았던 날에도 어쩔 수 없이 침대로 가서 누워야만 했다. 발레를 시작하게 된 건 그즈음이었다. 짝꿍이었던 친구네 집에 놀러 가게 되었는데, 시현의 아파트 단지 맞은편에 있는 상가 주택이었다. 시현의 집과 비교도 되지 않을 정도로 훨씬 작았지만 공기는 더 따스했고 가득 들어찬 살림살이가 보기 좋았다.

"네가 시현이구나. 얘기 많이 들었어. 어서 와."

아줌마는 시현을 환하게 반기며 식탁에 아이들을 앉혔다. 항상 식은 반찬으로 저녁을 때웠던 시현 앞에 김이 모락모락 나는 쌀밥이 놓였다.

"반찬이 별로 없어서 어떡하지? 이놈이 친구 데려온다고 말을 안 해서 아줌마가 장을 볼 시간이 없었네. 다음에 오면 더 맛있는 거 해줄게. 알겠지?"

아줌마는 멋쩍은 웃음을 지으며 느리게 젓가락질하는 친구의 머리를 살포시 쓰다듬었다. 반찬이 얼마 없다니……. 시현이 제대로 차려진 저녁 밥상 앞에 앉은 게 얼마 만인지 가늠조차 할 수 없었다. 오랜만에 남이 보는 앞에서 젓가락질한다고 생각하니 괜히 신경이 쓰였다. 시현은 젓가락질이 서툴러 보일까 봐 자기 손바닥보다도 큰 쇠젓가락을 몇 번이고 고쳐 잡았다. 순식간에 밥 한 공기를 싹 비우자 아줌마는 기다렸단 듯이 "밥 더 줄까?" 물었고, 시현은 눈물이 흐를까 봐 고개를 숙일 수밖에 없었다. 울지 않으려고 부릅뜬 눈으로 열심히 젓가락질하는 시현을 보고 아줌마가 애정 어린 목소리를 냈다.

"시현이는 반찬 투정도 안 하고 잘 먹네. 시현아, 자주 와서 저녁 먹어라. 네가 오니까 얘가 반찬 투정을 안 하네."

벌떡 일어나 "네!"라고 대답하고 싶었지만 시현은 그저 옅은 미소로 고개를 끄덕이기만 했다. 너무 좋아 그 마음을 다 표현할 수 없는 때가 있다는 걸 처음으로 알았다.

풍족한 저녁 식사를 끝낸 뒤 아줌마는 "방에서 숙제하고 있어" 하곤 방문을 닫아주었고, 해가 긴 여름날이라 숙제를 다 마치고도 환한 밖을 보자 친구는 놀이터에 가자며 시현을 꼬드겼다. 시현에겐 놀이터보다 그 집이 훨씬 더 좋아 나가고 싶지 않았지만 내색할 순 없었다. 아쉬운 마음으로 방문을 열고 나가 꾸벅 인사하고 밖으로 뛰쳐나가려던 그때, 친구 엄마를 찾아온 손님이 시현을 붙잡았다.

"얘, 혹시 너 운동하니?"

제법 고상한 차림을 한 그는 시현을 불러 세웠다. 그러고는 몸 곳곳을 훑더니 명함과 함께 얇은 안내문이 들어간 봉투를 건넸다.

"발레 하면 잘 어울릴 몸이다. 이건 학원 안내서인데 집 가서 부모님 보여드리렴."

그 길로 시현은 놀이터에 가자는 친구의 외침을 뒤로하고 집까지 한달음에 뛰어갔다. 부엌 식탁에 봉투를 풀어놓고는 늦은 시간까지 졸음을 쫓았다. 마침내 둔탁한 현관문 소리와 함께 엄마가 들어왔고, 유일하게 켜져 있는 부엌 형광등을 발견한 엄마는 딸에게 빨리 자라며 핀잔을 주었다. 시현이 봉투를 가리키자 엄마는 피곤한 기색으로 안내문을 찬찬히 살폈다. 시간이 꽤 흐른 뒤 조용히 물었다.

"이거 어디서 받았어?"

그 말에 시현은 아주 오랜만에 하루의 일을 종알종알 이야기했다. 짝꿍 집에 놀러 가 아줌마가 차려준 저녁밥을 먹고, 옆에 있던 분이 명함을 건넸다는 것까지 늘어놓았다. 그러자 엄마는 시현을 조용히 타일렀다. 기대하던 대답은 아니었다.

"그렇게 남의 집에 불쑥 찾아가는 거 아니야."

풀 죽은 시현의 머리를 쓰다듬더니 이내 엄마가 물었다.

"하고 싶어?"

"네!"

시현은 그 순간만큼 좋은 마음을 망설임 없이 표현했다. 그래야만 했다.

다음 날이 되자마자 엄마는 발레 학원에 찾아가 길지 않은 상담 끝에 등록을 마쳤다. 시현이 다 커서야 알게 된 사실이지만 봉투를 건넨 이는 학원의 원장이었고, 그곳은 유명하기로 손꼽히는 곳이었다고 했다. 그때 시현은 발레가 뭔지도 잘 몰랐다. 그런데도 발레를 하고 싶었던 이유는 명분이 뭐라도 있으면 잦은 이사를 멈출 수 있을 것 같아서였다. 엄마 아빠에게 시현의 학교와 친구는 여태 이사하는 데 고려 대상이 아니었기에.

엄마는 발레 학원에서 알려준 준비물을 사야 한다며 시현을 백화점에 데려갔다. 아직도 시현에겐 문득문득 떠오르는 순간이었다. 이것저것 입혀보며 무엇이 어울릴까 고민하던 표정, 시현이 딱 맞는 옷을 입었을 때 환하게 웃던 엄마의 얼굴. 오롯이 사랑을 받았다고 느낀 몇 안 되는 순간이라 더 선명했다. 아무튼 얼떨결에 흘러간 그날은 시현이 텅 빈 집에서 벗어나는 순간이자, 발레 인생의 서막이 되었다.

서서히 봄이 지나 여름이 성큼 다가왔고, 한여름 밤의 꿈에도 가게 이름처럼 점차 들뜨는 계절의 열기가 모여들었다. 불과 얼마 전까지만 해도 활짝 연 창문 사이로 솔솔 불어오는 바람에 내부에 상쾌함이 감돌았는데, 이제는 시현이 삼거리 가로등에서 가게까지 걸어가는 짧은 길에도 햇볕에 익은 아스팔트가 이글거렸다. 장사를 시작하기 전에 하루 사이 쌓인 먼지를 쓸고 닦을 때면 땀이 줄줄 흘렀다. 등과 옷이 하나가 되어 찰싹 달라붙으면 현성이 주방에서 얼음물을 내왔다. 더운 숨을 돌리며 에어컨을 틀고 손님을 기다리는 한여름 밤이 시작됐다.

그리고 여느 때와 다를 바 없었던 어느 날, 더위와 싸우며 청소를 마치고 숨을 돌릴 때쯤 전화가 울렸다.

"여보세요?"

어딘가 모르게 익숙한 목소리가 들려오자 시현은 쭈뼛 긴장이 섰다.

"예약 가능한가요?"

단번에 누군지 알아차린 시현과 달리 전화기 너머 목소리는 태평하고 점잖았다. 시현이 그토록 기다리던 목소리이자 다시는 듣고 싶지 않은 목소리였다. 익숙했고 사무치게 그리웠지만 그만큼 두려운 목소리. 시현은 들킬까 싶어 그저 "네, 네"만 반복했다.

"내일 저녁 여덟 시, 스무 명입니다. 예약자는 두문건설로 해주세요."

혹시나 목소리가 비슷한 누군가겠지 몇 번을 되뇌었지만 반전은 없었다. 문수혁, 그였다.

5th Ave. 브로드웨이 근처였다. 그와 처음 만난 것은 시현이 뉴욕에 적응하기도 전이었다. 당시 시현은 미처 집을 구하지 못해 임시로 호텔에 묵고 있었고, 발레단 연습이 끝난 뒤 근처 식당에 들러 밥을 먹곤 했다. 영어가 서툴러 어렵사리 음식을 주문하고 있었는데 저 멀리서 누군가 다가오더니 "한국인이세요?" 하고 물었다. 서툰 영어 때문에 부끄러움이 온몸으로 퍼졌다. 달아오른 귀를 주물럭거리는 시현을 보며 그는 어떤 메뉴를 원하는지 눈짓으로 흘끔거렸다. 시현

이 겨우 손가락을 뻗어 메뉴판을 가리키자 그는 유창한 영어로 종업원에게 주문을 전달했고, 시현을 상대할 때보다 표정이 밝아진 종업원은 가벼운 걸음으로 뒤를 돌았다.

"감사합니다."

갑작스러운 호의에 시현은 엉거주춤 일어서서 인사를 건넸다. 그는 시현보다 키가 훨씬 컸고 고개를 들어야만 눈을 마주칠 수 있었다. 시현의 키가 제법 큰 편인데도 그랬다. 별다른 말 없이 자신이 있던 테이블의 계산을 마친 그는 오묘한 향만 남긴 채 빠른 걸음으로 자리를 떴다. 향기롭고도 쓸쓸한, 어딘가 매캐하게 타오르는 연기와도 같았다. 살이에는 겨울의 뉴욕에서도 지난가을의 낙엽이 생각나게 하는 향이었다. 시현은 반사적으로 재킷 주머니에 있던 티켓을 움켜쥐었다.

"저기요!"

멀리 가지 못한 그는 시현의 목소리를 알아본 건지 혹은 익숙한 한국어가 들려서인지 뒤를 돌았다. 그러고는 서두르지도 그렇다고 느리지도 않은 걸음으로 다가왔다.

"시간 나면 구경 오세요."

시현은 그의 반응을 살필 틈도 없이 도망치듯 가게 안으로 다시 들어왔다. 시현이 건넨 티켓은 다음 달 공연 티켓이었다. 짧은 군무에만 등장하는 적은 분량이었지만 티켓 오피스에서 시현에게도 티켓을 나눠주었다. 뉴욕에 아는 사람 하나 없던 시현은 티켓을 손에 쥔 순간부터 어떻게 처리해야 하나 고민하고 있었는데 몇 시간도 지나지 않아 초대할 사람이 생긴 것이었다.

시즌 첫 공연이 끝난 뒤, 시현은 진한 무대 화장만 대강 지운 채 공연장을 빠져나왔다. 가슴에 큰 꽃다발을 안은 채 방문객을 맞이하느라 정신없는 동료들 사이에 끼어 있기가 왠지 불편해서 형식적인 인사만 나눈 채 최대한 빨리 자리를 뜨려고 했다. 지하 대기실에서 나가려면 필히 로비를 지나가야 했는데 시현은 아무하고도 마주치기 싫어 고개를 푹 숙인 채 로비 근처 회전문까지 빠르게 걸었다. 뉴욕의 칼바람에 옷깃을 여미던 그때, 본인을 잡아끄는 갑작스러운 손길에 시현은 화들짝 놀랐다.

그였다. 실제로 올 줄이야. 그날 섣불리 티켓을 건네긴 했다만 그조차도 혹독한 연습으로 잊어버린 참이었다. 뜻밖의 얼굴을 마주하고 놀란 시현의 소리가 꽤 컸는지 주변이 한순간에 조용해졌다. 티켓을 준 건 시현이었지만 표정만큼은 당신이 왜 여기에 있나, 하는 얼굴이었다. 그는 코밑까지 두르고 있던 목도리를 차츰차츰 내리더니 얼굴을 보이며 씩 웃었고, 시현은 얼떨결에 그를 따라 회전문 사이를 빠져나갔다.

반가움의 정점을 맛본 두 사람은 길을 걸으며 금세 어색해졌다. 침묵을 깬 것은 시현이었다. 시현은 그의 어깨를 톡톡 치고는 골목 구석을 손가락으로 가리켰다. 그는 아무런

저항 없이 순순히 시현이 하자는 대로 따랐다. 시현은 짐이 한가득 들어 있는 가방에서 담배 케이스를 뒤적였다. 익숙할 대로 익숙해진 가방이었는데 왜인지 그날따라 어깨끈이며 모서리 군데군데 해진 구석이 눈에 들어왔다.

이내 담배 한 개비를 꺼낸 시현은 그에게 잠시만 기다려 달라는 눈짓을 건네고는 뒤돌아 담뱃불을 붙였다. 그러나 쉭쉭 가스 새는 소리만 나올 뿐 칼바람에 불이 쉽게 붙지 않았다. 이게 무슨 모양 빠지는 일이람. 멋쩍어진 시현이 손가락에 더 힘을 주곤 라이터를 돌렸지만 불은 붙지 않았다. 헛손질을 지켜보던 그는 시현의 손을 가볍게 감싸 쥐었다. 다른 손이 바람을 막자 금세 불이 붙었다. 잠깐 사이 움켜쥔 손은 따뜻했고 이를 느낀 시현의 감각에 날이 섰다. 시현은 애써 감각을 잠재우려 찬 공기를 몸속 구석구석으로 들이마셨다. 바람과 호흡을 교환하는 동안 그는 동요 없이 적벽돌에 기대어 시현만 빤히 쳐다보았다.

"오실 줄 몰랐는데……."

시현은 최대한 덤덤한 목소리를 냈다. 그러나 말을 할수록 긴장이 누그러지기는커녕 자꾸 횡설수설했다.

"뉴욕에 온 뒤로 첫 공연인데 딱히 초대할 사람이 없었거든요. 그렇다고 막…… 오실 걸 기대하고 기다린 건 전혀 아니었고요. 발레단에 입단한 지 얼마 되지 않아서 군무만 담당하고 있어요. 비중 있게 나오지도 않는데 이 먼 곳까지 다른 사람 초대하기 미안하잖아요."

늦은 밤 시현이 내뿜는 담배 연기는 무대 효과처럼 어느 순간 나타났다 조용히 흩어졌고, 그 위에 얹어진 목소리는 조용한 거리의 내레이션이었다. 독백의 주제가 떨어지자 시현은 담뱃불을 끄고 그를 올려다보았다.

"몇 시간 전에 할 일이 끝나기도 했고, 대뜸 공연 티켓을 건넨 사람이 누구인지 궁금하기도 해서 와봤어요. 마침 거리도 멀지 않았고. 이 막 군무 때 왼쪽에서 세 번째, 맞죠? 쉽게 찾을 수 있던데. 다른 사람 초대하지 그랬어요."

"실은 여기에 아는 사람이 없어요. 발레단 사람들 빼고요. 한국에서 온 지 얼마 지나지 않았고……."

"이름이 뭐예요?"

"강시현이요. 그쪽은?"

"문수혁. 스물세 살. 시현 씨는?"

"저도 스물세 살이요. 동갑이네요."

"저녁 먹을래요? 이 근처에 늦게까지 하는 펍이 있던 것 같은데."

언제나 사람들 사이에서 당당하고 주눅 들지 않는 시현이었지만 문수혁 앞에서는 어딘가 모르게 기가 죽었다. 별다른 호오가 느껴지지 않는 눈빛 탓일까. 시현은 그의 말에 자신도 모르게 연신 "좋아요"만을 외쳤다. 그를 따라간 곳은 공연장에서 몇 골목 떨어지지 않은 작은 펍이었다. 술이 한

잔 들어가자 그는 자신이 유학생이라고 소개했다. 맨해튼에 위치한 대학교에서 경영을 전공한다고 했다. 유학 생활을 마치고 한국으로 돌아가 아버지가 하는 작은 사업을 물려받는 게 목표라고도 했다. 발레를 보게 된 건 기숙사에 머물다가 바람을 쐴 겸 나올 수 있는 좋은 빌미였다고. 기왕 온 이상 티켓을 건넨 사람의 이름은 알고 가고 싶어 기다리게 됐고, 전에도 몇 번 본 적 있는 공연이라 시현이 어디 있는지 손쉽게 찾아낼 수 있었단 말도 덧붙였다.

그때의 시현은 그저 문수혁이란 사람의 말을 믿고 싶었다. 늘 공백이던 옆자리에 오랜만에 채워진 사람의 온기였으니 말이다. 늘 당돌했던 시현도 왜인지 그와 함께면 수줍어졌고 망설이게 됐다. 수혁의 눈에서 일말의 행복을 엿보면 안심했고 불편한 기색이 느껴지면 두려워했다. 그런데도 시현이 떠나지 않은 이유는 딱히 없었다. 어느 순간부터 서로의 존재가 당연해졌다. 적어도 시현에게는 그랬다. 그저 사람이 좋다는 이유만으로 시현은 한없이 너그러워졌다. 그렇게 문수혁이 데리고 간 이름 모를 펍에서 보낸 밤을 시작으로 뉴욕을 떠나는 순간까지 그와의 만남이 이어졌다.

뉴욕에서 지낸 시간이 점점 쌓여 듣는 귀가 열리자 시현은 디렉터의 지시를 알아듣게 되었고, 고쳐야 할 동작이 하나둘 눈에 보이기 시작했다. 쉬는 시간에도 다른 솔리스트에게 뱉는 조언을 귀동냥으로 흡수해 몸에 익혔다. 더없이 열심이었다. 그러던 중 군무와 독무를 병행하는 드미 솔리스트 자리에 공백이 생겼고, 한창 공연이 진행되던 중반이라 군무단 중에서 누군가가 그 역할을 대신해야만 했다. 디렉터는 콕 집어 시현을 불렀다. 좋은 일은 꼬리를 물었다. 한 시즌 동안 드미 솔리스트로 공연을 마치자 다음 시즌 솔리스트로 발탁되었다. 그렇게 시현의 인생은 기분 좋게 소란스러워졌다. 치열한 연습을 마치고 경쟁과 이별을 떠올리지 않은 채 큰 고민 없이 따뜻한 저녁을 함께 즐길 수 있는 사람이 있다는 것도, 그게 문수혁이란 점도 모두 좋았다.

시현의 부모는 날이 갈수록 사업이 번창하면서 넉넉해진 재산에 걸맞게 씀씀이도 변해야 한다고 생각했는지 쫓기듯 문화생활을 즐기고 소비했다. 그들의 화려한 외양은 어딘가 모르게 부자연스러웠다. 항상 최고급의 발레용품을 사주면서도 정작 시현이 참가하는 콩쿠르를 보러 온 적은 단 한 번도 없었다. 자신의 공연에는 늘 가게 핑계를 대면서도 대극장에서 열리는 유명한 발레 공연은 꼬박꼬박 보러 가는 부모를 보며 시현의 마음은 늘 불안정했다.

시현은 입시와 경쟁, 발레와 가족 어느 것에서도 여유를 찾을 수 없었다. 부모를 닮아 늘 조급해했다. 부상으로 수술한 날을 제외하면 하루도 연습을 쉬어본 적이 없었다. 시현을 감싼 세상은 언제나 숨이 가빴다.

시현이 발레를 하며 가장 견디기 힘들었던 건 이별이었

다. 시즌마다 겪게 되는 이별은 타지 생활의 외로움이나 힘든 훈련보다도 더 고통스러웠다. 시즌이 끝날 때마다 계약을 연장하지 못하고 발레단을 나가야 하는 사람들이 생겨났다. 같이 땀 흘리며 연습했던 그들을 배웅하며 눈물이 흘렀다. 그러면서도 동시에 그 화살이 자신에게 돌아올 수 있다는 불안과 이번은 비껴갔다는 죄책감 섞인 안도가 늘 공존했다. 시현은 물질적으로 풍요로웠으나 정신적으로 가장 빈곤했다.

그런 시현에게 문수혁은 여유를 느끼게 해주었다. 수수한 외관과 달리 그에게는 위압감과 여유가 동시에 풍겼다. 그래서 더 호기심이 생겼고 궁금했다. 느긋한 여유가 있는 사람을 아주 오랜만에 만났기 때문에 문수혁과 뉴욕에서 보낸 시간이 더 풍요롭게 느껴졌다. 그래서였을까. 문수혁은 시현이 자각하고 있는 것보다도 크게 자리 잡았다. 전부 다 시현의 착각이였다는 게 문제였지만…….

수혁의 읽을 수 없던 특유의 눈빛을 한없이 순수한 시선으로만 보았던 시현은 어렸고 오만했다.

수혁이 올 시각이 점점 다가왔다. 평소와 다른 시현을 읽은 걸까. 현성도 굳이 말을 건네지 않고 시현을 도와 단체 손님을 맞을 준비에만 열중이었다. 시현은 웃음을 잃은 채 얼음 카빙에만 집중했다.

어느 순간 활짝 열어둔 테라스 아래에서 왁자지껄한 소

리가 점점 가까워졌다. 연이은 등장에 마침표를 찍듯 나타난 수혁은 가게를 둘러보다 바에 있던 시현과 눈이 마주쳤다. 얼음에 시선을 고정하고 있던 시현이었지만 그의 노골적인 시선이 주변 시야로 단번에 느껴졌다. 시현이야 전날 들은 목소리와 소속으로 수혁의 존재를 알았지만, 그는 시현이 있을 줄 상상도 하지 못했겠지. 당황해서 일그러진 얼굴과 눈동자가 심하게 떨렸다. 특히 시현이 달고 있던 명찰과 테라스에 줄지어 놓인 화분들이 그를 더욱 놀라게 만들었다.

'리버'라는 이름은 수혁이 지어줬다. 발레단 디렉터가 시현의 이름을 발음하기 어려워해 새로운 영어 이름을 만들려던 차에 수혁이 강시현의 성을 따서 만들어준 이름이었다.

리버. 그날 이후 시현은 뉴욕에 있는 줄곧 리버라고 불렸다. 수혁은 토슈즈에 쓰여 있던 이름 강시현을 죽죽 지우고는 검은 매직으로 리버라는 새 이름을 정성스레 써넣었다.

가게 테라스에 놓인 화분도 마찬가지였다. 수혁과 자주 가던 골목 어느 집 테라스에 금목서 화분이 있었다. 그 길을 걸을 때마다 느껴지던 금목서 잔향은 꼭 문수혁이 남긴 표식 같았다. 고무나무도 기억에 남는 것은 마찬가지였는데, 수혁이 시현의 집에 처음 온 날 사 들고 온 화분이었다.

시현이 만든 공간에는 자신도 모르게 문수혁과 함께했던 흔적들로 가득 차 있었다. 그때를, 꿈을 잊지 않으려 기록해놓은 일기장 같은 곳. 뉴욕을 벗어난 지도, 수혁과 멀어진

지도 한참 지났지만 실은 아무것도 변하지 않았다.

한편 오랜만에 마주친 그는 많은 것이 변한 것 같았다. 무리 속에 있는 그의 옷차림은 뉴욕에서와 사뭇 달랐다. 편한 게 좋다며 늘 해진 청바지에 운동화만 고집했던 그는 이제 광 나는 구두에 빳빳한 옷깃의 셔츠, 묵직해 보이는 손목시계를 찬 정장 차림이었고 편하게 쓸어 넘기던 머리 대신 흐트러짐 없는 단정한 머리를 하고 있었다.

그간 알고 있었던 취향과 외형, 지위까지 모든 게 변해 같은 사람이 맞나 싶을 정도로 긴가민가했지만 시현을 아프게 했던 얼굴만은 여전했다. 수혁은 헤어지던 그날과 같은 표정으로 시현을 바라보았다. 시현을 가만히 응시하는 눈빛이 너무나 차가워서 시현의 모든 움직임은 둔해지다 못해 끝내 얼어붙었다.

쨍그랑. 발밑에 유리 조각이 흩뿌려졌다. 멀찍이서 주문을 받던 현성이 놀란 얼굴로 시현에게 다가왔다. 웅성거리던 사람들이 한시에 조용해졌지만 유일하게 수혁만 소리의 근원을 쫓지 않았다. 그저 심각한 얼굴로 메뉴판을 읽을 뿐이었다.

***

"그게 무슨 말이야?"

"몇 번을 더 말해야 이해하는 거지?"

수혁과 시현은 몇 시간째 길 한복판에서 대립했다. 그날은 시현이 오랜만에 한국에서 걸려 온 친구의 전화를 받은 날이었다. 어릴 적 발레 학원 원장의 제의를 받던 날 함께 놀았던 친구는 지금까지도 유일하게 시현의 곁에 남아 있는 이였다. 시현은 그간의 안부를 주고받다 수혁의 존재를 밝혔고, 미처 말하지 않았던 작은 소망까지 말할 지경이었다.

"뉴욕에 와서 만난 사람이 있어. 곧 대학을 졸업하고 한국으로 돌아간다는데 나도 때맞춰 한국으로 갈까 생각 중이야. 그 사람이 직장 구할 때까지 기다리다가 결혼하고 싶어."

결혼 이야기가 나오자 친구는 흥분해서 그의 존재를 캐물었고, 시현은 불현듯 수혁의 사진을 보냈다. 사진을 본 친구와 시현 사이에는 정적만 남았다.

"왜…… 아는 사람이야?"

친구는 불편한 침묵을 이어가다 짧은 말을 남기고 전화를 끊었다.

"문수혁이라고 검색해봐. 기왕이면 영어 말고 한국어로."

그는 전날 밤 대한민국에 떠오른 수많은 기사의 주인공이었다. 국내의 거대 건설사인 두문건설의 장남인 그가 조만간 뉴욕에서 유학 생활을 끝내고 경영권을 물려받을 예정이라는 것. 한국으로 돌아가면 재벌가의 딸이자 유명 연예인과 결혼한다는 소식까지 알 수 있었다. 그제야 수혁이 가끔씩 한국으로 가던 이유를 알아차렸다. 시현은 차분히 수혁부터 찾았다. 그와 관련된 모든 소식을 보고도 애써 부정하려는 시현에게 수혁은 차가웠다.

"시현, 너는 뉴욕에서 외로이 지내지 않도록 누군가가 필요했고 나 역시 괜찮은 파트너를 데리고 다닐 수 있었지. 거기까지야. 너는 너무 이상만 추구해. 네가 원하는 가족은 다 허상이야. 너랑 나도 그랬고. 목적 또는 필요에 의해 결합할 뿐이야, 시현아."

"그러면 우리는 어떻게 되는 거야?"

"뭘 어떻게 돼…… 그냥 아무것도 아니었고 이제는 사라지겠지. 연기처럼."

그 말을 마지막으로 수혁은 등을 돌렸다. 시현이 알던 수혁은 알려진 현실과는 완전 딴판이었고, 세상이 아니라 본인이 속았다는 사실은 시현이 그간 쌓아온 모든 것을 무너지게 하기 충분했다. 정답과 오답이 한데 뒤섞여 이젠 회상하기도 어려워진 시간들.

공연 티켓을 건네받고 순순히 공연장에 온 문수혁. 아니, 그 전에 그에게는 성가셨을 친절을 굳이 베푼 이유. 시현과 보낸 날들…… 그게 다 거짓이었을까 생각했다. 온통 그로 뒤덮인 시현이었는데, 그게 수혁의 진심이 아니었다는 사실에 더 아팠다. 전날까지만 해도 같이 평범한 저녁을 보내던 사람이, 당연하던 내일이 흔적도 없이 사라진다는 사실을 받아들이기는 비단 시간이 해결해줄 수 있는 일이 아니었다.

　시현의 이야기를 들은 사람들은 종종 물어왔다. 왜 아무런 말도 하지 않았어? 화나지 않아? 그 얘기를 듣고 그냥 뉴욕을 떠났다고? 어떻게 그래?

　다만 시현은 그날을 기점으로 세상에는 '그냥 그래야 할 것만 같아서, 무언가를 더 논하기조차 지쳤고 그냥 그러고 싶지 않았다'라고 설명할 수 있는 일이 꽤 된다는 걸 배웠다. 발레를 시작한 이후 늘 목표가 명확하고 삶의 패턴이 명료하기만 했던 시현의 인생이 처음으로 빗나갔다.

흩어지는 향

수혁과 함께 온 이들은 회식 목적으로 왔다지만 여느 손님들과는 달랐다. 한바탕 주문을 해놓고 술을 마시지도, 친목 도모를 하는 것 같지도 않았다. 마치 공유 오피스를 빌린 듯 몇몇은 가게 내부 곳곳을 사진으로 찍었고, 나머지는 삼삼오오 모여 노트북으로 일만 했다. 의아한 광경을 앞에 두고 누군가 현성에게 다가왔다.

"혹시 사장님이신가요? 말씀 좀 나누고 싶어서요."

"네, 무슨 일이죠?"

그간 발레리나 강시현을 알아보고 무례한 질문을 던지는 이들이 있었기 때문에 현성은 재빨리 경계 태세를 갖춰 사장 노릇을 했다. 그러자 문수혁이 그를 제지했다.

"몰랐는데 아는 사람이네요. 사장하고는 제가 이야기하죠. 들어가 계세요."

그러더니 시현을 가만히 바라봤다. 시현이 상상했던 일

은 아니었다. 문수혁이 직접 아는 체할 줄은 꿈에도 몰랐으니.

"시현, 얘기 좀 해."

그는 계단을 가리키며 밖으로 나가자고 눈짓했다. 아무렴 직원들이 듣기엔 불편한 이야기가 많이 나올 테니. 시현을 마주하자마자 보였던 당황도 잠시였고, 그는 이내 여유로워 보였다. 또다시 조급해진 건 시현뿐이었다. 어떻게든 그를 잊으려고 노력해왔지만, 사실은 항상 그를 그리워했음을 여실히 깨닫는 순간이었다. 텅 빈 마음을 채웠던 문수혁과 정점을 찍었던 뉴욕 발레단의 커리어 덕분에 처음으로 외로움이 파고들 틈조차 없이 견고했던 그때를 말이다.

그토록 오래 애틋했던 발레를 접은 데는 문수혁의 지분이 꽤 컸다. 유명 발레리나 시현이 은퇴를 선언한다면 모두의 이목을 사로잡을 테고, 다음 행보도 실시간으로 주목받을 게 분명했다. 시현이 국립 발레단에 은퇴 소식을 전하자마자 역시나 우려했던 대로 온갖 방송사에서 연락이 왔다. 시현이 할 수 있는 건 아무것도 없었다. 사람들은 평생 해왔던 발레를 그만두고도 멋진 삶을 가꾸는 강시현을 떠올렸을 테지만 정작 시현은 정확히 그와 정반대였다.

은퇴를 선언하고 몇 달간은 현실에 굴복하듯 집에서만 지냈다. 하루 종일 굶고 굶다가 도저히 참지 못할 허기가 찾아오면 어두운 밤을 빌려 모자를 깊숙이 눌러쓰고 집을 나섰다. 한여름 밤의 꿈도 그때 봐두었던 자리였다. 이 층에서 내려다보던 빈 창틀에 시현은 홀연히 마음을 뺏겼다. 이제 와서 생각해보면 마음을 뺏겼던 이유도 문수혁과 걷던 뉴욕 거리가 겹쳐 보이는 곳이라 그랬던 게 아니었을까. 결심이 선 시현은 곧바로 며칠 뒤 있는 돈을 모두 털고 대출까지 받아 갑작스럽게 가게를 마련했다. 자신도 모르는 사이에 수혁과의 과거를 떠올리며 장식한 공간이었지만 바쁜 삶을 살아가면서 어떻게라도 외로움을 잊을 수 있지 않을까 희망을 주는 공간이기도 했다.

발레와 동떨어진 이곳에서 시현은 자신에 관한 어떤 소식도 대중에게 전달되지 않았으면 했다. 대중에는 문수혁도 물론 포함이었다. 그의 소식은 비교적 쉽게 찾을 수 있었으니 시현이라도 다 피하고 꽁꽁 숨는 게 최선이었다.

"알고 온 거야?"

"아니."

"그러면 왜?"

"이 가게 인수할 거야. 정확히 말하면 이 건물을. 와이프가 새로 연예 기획사를 차리는데 두문건설에서 부담하기로 했거든. 부부끼리 사이가 좋지 않다는 걸 기자들이 자꾸 눈치채더라고? 이런 식으로라도 눈을 돌려야지. 와이프의 새 출발을 응원하는 남편. 이보다 더 괜찮은 플레이가 어딨겠어. 마침 이 주변에서 재개발하는 중이기도 했고. 네가 여기 있을 줄은 꿈에도 몰랐어."

"여긴 안 돼. 어렵게 구한 곳이야. 또다시 너 때문에 망가질 순 없어."

시현은 한여름 밤의 꿈을 잃고 싶지 않았다. 현성과 함께 보내는 시간들, 뉴욕을 떠난 뒤로 다시금 찾은 안정된 일상이 만들어낸 매일의 사소한 기쁨을 잃고 싶지 않은 이유가 가장 컸다.

"이미 다 끝난 이야기야. 이제 와서 다 된 결정을 철회한다고 하면 직원들이 나를 어떻게 보겠어. 특히 너와 나 사이를."

"내가 다 말해버리면?"

"뭘?"

"그동안 너와 나, 그리고 네가 한 짓들."

"믿어줄 사람이 있다고 생각해? 너와 내 영향력을 시험하자는 거면 포기해."

그가 비틀린 웃음을 지으며 말을 덧붙였다.

"그리고 내가 무슨 짓을 했지? 너에게?"

"그야……."

문수혁은 누구보다 시현을 고립시켰다. 어린아이를 어둑한 집 안에 혼자 떼놓았던 부모님보다도 더 격렬하게 시현을 외로이 만든 사람이었다. 그런데도 시현이 바로 반박하지 못한 이유는 둘 사이를 정의할 수 있는 어떤 단어도 없었기에. 그저 수혁은 시현 옆에 잠시 있다가 홀연히 떠났을 뿐이었다. 시현이 그나마 내세워볼 수 있는 건 같이 보낸 시간이 전부였다.

"내 옆에 있었잖아. 우리는 친구이기 전에 연인이었고, 더 앞서 가족이었잖아."

"난 누구에게나 친절해야 한다고 배웠어. 그래야 내가 가진 모든 게 유지될 수 있으니까. 그 이상의 감정은 불필요해. 그저 수단일 뿐이지. 우리 부모님은 기업 합병 대신 결혼에 이용됐지만 누가 보기에도 완벽한 가정을 이루었어. 실상이 어떻든 말이야. 그리고 그분들은 목적에 최대한 충실히 따랐어. 결과도 좋았고. 의미와 진실한 관계는 쓸모가 없어. 퇴색되거든. 그런데 결과는 남아. 그것도 영원히. 모두가 기억하는 건 결과야, 시현. 너와 내가 남긴 결과는 아무것도 없어. 사랑은 아니야. 우정도 아니고, 그저 뭐랄까. 일시적으로 안정감을 공유하기 위해 만난 사이랄까? 나는 그걸 즐길 수 있는 여유가 있었으니 가벼운 마음으로 나쁘지 않다고 생각했어. 그런데 너는 그렇지 않다는 게 점점 보이더라. 부담으로 다가올 때쯤 다행히 나는 떠날 수 있게 됐지."

"그럼 왜 말하지 않았어? 나만 모든 걸 착각하고 있었다고 말이야."

"네가 옳다고 여기는 모든 게 틀렸다고 말하기는 쉬운 일이 아니야. 가족이 있으면 외롭지 않을 거라고 생각해? 아니, 그건 네 희망이겠지."

문수혁과의 재회가 예정되었을 때 시현은 묻고 싶었던 것도, 갑작스럽게 그가 떠나면서 미처 하지 못했던 이야기도 많았다. 그러나 묵혀둔 이야기는 계속 그 자리에 있는 게 가장 좋았을 것이다. 시현이 그에게 바라고 꿈꿨던 전부가 수혁에게는 한낱 무의미한 짓일 뿐이었으니까. 이를 깨달은 시현이 먼저 등을 돌리며 자리를 벗어났고 수혁도 더 이상 잡지 않았다.

용건을 마쳐서일까. 그의 일행은 빠르게 빠져나갔고 어수선한 가게에 시현과 현성만 덩그러니 남았다. 사람들이 떠난 자리를 정리하며 현성은 눈치만 보며 말을 아꼈고, 결국 정적을 견디지 못한 시현이 먼저 말문을 텄다. 뉴욕에서 수혁을 처음 만난 날부터 그와 보낸 시간과 한국에 돌아와 지낸 날들까지. 묵묵히 듣기만 하던 현성이 꺼낸 말은 뜻밖이었다.

"같이 있는데도 외로움을 느끼게 했나 보네요, 그쪽이. 같이 있으면서 외롭게 만드는 건 죄악이에요. 사람이 사는 데에는 온기가 있어야 하는 법인데 말이에요."

낯선 얼굴이었다. 늘 모호하게 다가오던 현성의 감정이 분노로 명확해졌다. 현성이 처음 한여름 밤의 꿈을 찾았을 때 시현은 곧바로 얼어붙었었다. 수혁에게 동생이 있다면 저런 모습을 하고 있지 않을까 하는 생각에 돌연 긴장하게 되는 눈빛이었다. 실제로 현성을 알아가면서도 수혁과 닮은 구석이 많아 시현은 뉴욕에서 보냈던 시절이 그리워졌다. 무엇보다도 따뜻한 불씨에 손을 녹이겠다는 핑계로 타는 줄 모르고 손을 갖다 대게 하는 끌림이 닮았었다. 그러나 시간이 지나면서 현성과 수혁의 다름이 보였다. 수혁과 달리 현성은 시간이라는 장작으로 시현의 외로움을 태워나갔다.

문수혁을 다시 만난 날 이후로 시현은 고민이 깊어졌다. 시현의 전화번호를 알아간 직원은 다음 날 다시 연락을 해왔다.

"문수혁 상무님께 내용은 들으셨죠? 어차피 위층 세입자들은 한두 달 안으로 계약이 끝나서 이미 연장은 불가능하다고 해뒀어요. 사장님 가게만 계약 기간이 남았는데 다른 곳 날짜에 맞춰서 빼주실 수 있나요? 일찍 나가시는 만큼 남은 기간은 보상해드리도록 하겠습니다. 소송을 하셔도 재건축 허가가 이미 떨어진 건물이어서 계약 기간만 채우고 나가셔야 해요. 그때는 보상금도 받지 못하시고요. 생각해보시고 연락 주세요. 모쪼록 지금 나가시는 게 무슨 일을 하시든 좋을 거예요. 이 정도로 보상금 두둑이 챙겨주진 않거든요. 미리 참고하시라고 말씀드립니다."

사무적인 목소리는 시현을 더욱 혼란스럽게 했다. 보상금을 내걸어 시현을 압박하는 수혁이 보기 싫어 일부러 더 발버둥 쳤다. 그러나 변호사 사무실을 여러 군데 돌아도 나오는 결론은 똑같았다. 무의미한 싸움이었다. 이미 수혁은 여러 기관과 입을 맞춰 건물의 재건축 날짜를 받아놓았다. 시현이 할 수 있는 건 보상금을 포기하고 계약 기간이 끝날 때까지 반년 정도 더 영업하거나, 더 이상 뒤돌아보지 않고 보상금을 넉넉히 챙겨 나가는 것 중 하나였다. 변호사들은 소송을 걸겠다는 시현을 말렸다. 뭘 하든 지는 싸움일 거라고 했다.

문수혁의 결정과 마음을 돌릴 방법은 없었다. 가게를 접고 새로운 일을 찾는 것도 고민했지만 한국으로 돌아왔을 때처럼 모든 결정과 번복의 원인이 문수혁이라는 걸 깨달을 때마다 무기력해졌다.

다행히 막막한 현실에 부딪혀 절망하는 시현을 현성은 외로이 두지 않았다. 뉴욕과 달라진 것이 있다면 답답한 현실 속에서도 옆에 있는 사람이 생겼다는 것이었다.

"사장님, 마둑이라고 알아요?"

"바다 있는 데 아닌가?"

"네. 전에 말했던 텃밭 있는 친구네 가게가 마둑이에요. 우리, 잠시 거기 가 있지 않을래요?"

현성은 지체 없이 시현을 데리고 마둑으로 향했다. 멀고 복잡한 길이었지만 지도도 보지 않고 익숙하게 차를 몰았다. 여름의 긴긴 해가 다 떨어진 후에야 도착할 정도로 마둑은 먼 곳이었다. 바닷가 초입에서 사람들의 열기가 후끈 밀려왔다. 왁자지껄한 길 위에서 두 사람은 누구와 부딪힐까 봐 어깨를 움츠리고 걸어야 했다. 초입을 조금 지나자 다시 고요해졌고 파도 소리만 들려왔다. 현성은 해안 길에 늘어진 가게 중에서도 맨 끝에 있는 곳에 다다라서야 걸음을 멈췄다. 방파제를 마주하고 있는 허름한 가게였다. 이 먼 곳까지 사람이 올까 싶게 활짝 열린 폴딩 도어 안에는 덥수룩한 남자가 홀로 자리를 지켰다. 갑자기 나타난 시현과 현성을 보고도 그는 놀란 기색 없이 뚱한 표정이었다.

"무슨 일이냐?"

"그냥 왔어요. 돌아올 곳이 여기밖에 없어서. 서로 인사해요."

현성의 말에 두 사람은 얼떨결에 꾸벅 고개를 숙였다.

"강시현이라고 합니다."

그 역시 부르튼 손을 주머니에 슥슥 털더니 악수를 청했다. 구시대적이지만 그렇다고 무례하지 않은 그의 인상과 어울리는 첫 만남이었다.

"권해철이오."

어색한 통성명이 끝나자 해철이 주방으로 향하며 말을 걸었다.

"저녁 안 먹었지? 온 김에 밥 먹고 가."

돕겠다며 주방으로 들어가려던 현성을 막아선 해철은 둘에게 자두를 하나씩 쥐여주더니, 저 멀리 바다 구경을 하고 있으라며 등을 떠밀었다. 태양에 뜨겁게 달궈졌다가 식어 가는 모래는 아직 따뜻함이 남아 있었다. 가게 앞 모래사장에 서자 샌들 사이로 모래알이 파고들었다. 간지러움에 신발을 벗는 시현을 보자 현성도 살며시 웃음을 지으며 뒤따라 신발을 벗고 파도가 치는 곳으로 성큼성큼 달려갔다. 캄캄한 밤하늘과 바다에 현성의 형체가 어릿해질 때쯤, 저 멀리서 불꽃을 터뜨려 하늘이 번쩍였다.

그 자리에 주저앉아 후텁지근한 바닷바람을 맞으며 시현이 시큼한 자두를 베어 물자 팔뚝을 타고 즙이 뚝뚝 흘렀다.

"밥 다 됐다. 들어와!"

이런 기분이구나. 어린 시절, 놀이터에서 다른 친구들을 보며 부러워했던 그 말이 자신에게도 다가옴을 깨닫자 시현은 왈칵 눈물이 솟았다. 고개를 돌려 다 먹은 자두 씨를 뱉는데 현성과 눈이 마주쳤다. 그렁그렁한 눈물을 보면 현성이 오해할까 봐 서둘러 덧붙였다.

"좋아서 그래. 여기가 너무 좋아서."

현성은 더 많은 걸 묻지 않고 씩 웃음만 지었다. 시현이 좋아하는 그 미소를 아낌없이 지으며 일어나라는 듯 손을 내밀었다.

"오래 있어도 돼요. 민박집이 딸려 있어서 일손 거들면서 묵을 방 하나쯤은 있으니까요."

시현은 속으로 대답했다. 밀린 일만 끝내면 여기 아주 있고 싶다고, 그럴 예정이라고. 물론 현성이 놀랄까 봐 잠시 뒤에 이야기할 생각이었지만.

해철이 짧은 새 차린 저녁은 소박하지만 정겨웠다. 텃밭에서 기른 열무로 담근 김치와 콩국수, 소쿠리에 담긴 갓 찐 옥수수까지 여름이 한가득 느껴지는 밥상이었다. 시현이 그리던 꿈같은 한여름 밤이었다. 시현은 그들이 밥을 다 먹어 갈 때쯤을 기다리다가 음식과 함께 곱씹던 말을 꺼냈다.

"여기에 새롭게 가게를 차리면 어때요? 민박집도 있다고 들었어요. 허름한 외관만 손보면 될 것 같은데……. 여기가 장사 안 되는 지역도 아닌데 주말 저녁에 손님이 하나도 없는 건 너무 아깝잖아요. 이렇게 텃밭에서 갓 딴 제철 음식을 대접하는 식당은 흔치 않은데. 안 그래요, 다들?"

갑작스러운 제안에 현성은 어쩔 줄 몰라 하며 주변을 살폈다. 그에 반해 해철은 가만히 시현을 응시했다.

"그게 무슨 말입니까."

"간단히 말하면 동업 제안이에요. 현성이한테 들어서 아시다시피 저도 가게를 하고 있거든요. 아니, 이제는 가게를 했었다고 해야겠네요. 어쩌다 보니 잘 키운 가게가 한순간에 날아가버렸어요. 다음 정착지를 고민하던 찰나였는데, 이런 곳을 만나게 될 줄은 꿈에도 몰랐네요."

당황하는 현성 뒤로 해철은 미심쩍은 표정으로 시현을

바라봤다.

"나도 여기서 장사 일이 년 하는 거 아니오. 그쪽이 와서 고친다고 뭐가 많이 달라질까? 그쪽이 손을 댄다면 그 비용이랑 기간은 어떡할 건가. 지금 나는 수익이 없는데. 근근이 오는 손님으로 입에 풀칠이나 할 정도인데."

"자신 있으니까 저도 얘기하는 거예요. 현성이한테 물어봐요. 칵테일 바가 뜬금없어 보이는 동네에서도 잘됐거든요. 좀만 벗어나도 재개발 구역이 한창이고 주택가밖에 없는 동네에서도 저희 가게는 잘됐어요. 그런데 여긴 심지어 관광지잖아요."

해철은 시큰둥한 표정을 지으면서도 어디 한번 계속 말해보라는 시늉을 했다. 시현은 차분하게 앞으로의 계획을 늘어놓았다.

"제가 좀 집요해요. 짐작하셨겠지만 목표한 걸 이뤄야 직성이 풀려서 아마 오늘 아저씨가 제안을 거절하셔도 전 계속 치근덕댈걸요? 현성이가 가게에서 일하게 된 것도 다 이런 이유라고 봐도 돼요."

"그 제안대로 했을 때 내가 좋은 건 뭐지?"

"평일에는 저랑 현성이가 온전히 가게와 민박집을 맡을게요. 아저씨는 주말에만 가게를 지켜주세요. 그사이에 텃밭에 가시든 자유롭게 시간 보내시든 상관없어요. 인테리어 비용은 제가 갖고 있는 전세금과 보상금으로 충당할게요. 그러니 월요일부터 금요일까지 난 수익은 세 명이서 삼분의 일씩 나눠 가져요. 아저씨는 평일에 일하지 않고 돈을 벌 수 있는 거죠. 대신 저희에게 집과 식사만 제공해주세요. 물론 이건 현성이도 동의해야겠지만……."

현성은 말없이 고개만 끄덕였다. 그의 어렴풋한 동의와 무언의 응원에 시현은 덩달아 힘입었다. 그 뒤로도 시현은 잠깐 사이에 느낀 감상평을 죽 늘어놓았다.

"우선 주방을 고치고 싶어요. 손님이 와도 아저씨 등만 보이는 구조잖아요. 식당과 주방의 경계가 모호하기도 하고. 아예 바 테이블을 두르는 건 어때요? 공간도 나누고. 그곳에서 식재료를 준비하면 누가 오든 눈 마주칠 수 있잖아요. 가게 주변에도 밝게 등을 달면 좋겠어요. 폴딩 도어를 없애고 나무 데크는 검은색으로 칠해서 밖에서 보면 한눈에 이곳이 보이게끔요. 민박집은 조금 더 고민을 해볼게요."

시현의 예리한 지적에 해철은 이야기를 들을수록 집중했다. 그의 계획대로 한다면 해철의 자유 시간이 보장될 뿐 아니라, 영 수익이 안 나오던 가게를 돈 한 푼 들이지 않고 새롭게 단장할 수 있는 기회였다.

"사장님, 그러면 가게는요?"

"당연히 여기 오기 전에 거긴 정리해야지. 당장 내일 가면 어때?"

"네?"

"이미 결과가 나왔으면 굴복해야지, 뭐. 다 풀려가는 걸 붙잡는 짓은 또 하고 싶지 않아. 이번엔 내가 먼저 뭐라도 하고 싶어."

마음을 정한 시현을 말리기는 불가능해 보였다. 다행인 건 시현의 계획에 현성과 해철 모두 큰 불만이 없었다는 점이었다. 서울에 도착한 두 사람은 마둑에 가져갈 것과 버릴 것을 구분했다. 트럭이 와서 남은 짐을 실어 갔고, 그렇게 일주일쯤 지나자 한여름 밤의 꿈은 긴 잠에서 깬 것처럼 여백만 남았다. 그간 안면 트고 지낸 단골들과 제대로 인사를 나누지도 못한 채 두꺼운 나무 문 앞에는 마둑으로 이전한다는 짧은 안내문만 붙여두었다.

발레와 문수혁, 그리고 뉴욕을 떠나 처음으로 정붙인 공간이 아쉽기도 했지만 현성과 마둑에서의 새 출발에 대한 기대감이 아쉬움을 덮었다. 다만 한여름 밤의 꿈과 얼마 떨어져 있지 않은 아파트는 정리하지 않았다. 대부분의 시간을 마둑에서 보내겠지만 그래도 다시 돌아올 곳은 남겨두었다. 현성이 해울이나 마둑으로 돌아갈 수 있는 것처럼 시현도 마둑을 떠나게 되면 돌아올 수 있는 곳이 필요했다.

모든 게 마무리되고 시현은 수혁의 직원에게 통보하듯 연락했다. 이미 한여름 밤의 꿈을 다 정리했으니 보상금을 전해줄 계좌를 남겼다. 전화기 너머의 그는 생각 외로 수월하게 일이 끝나서인지 놀람과 당황이 섞인 목소리였다. 말문을 더듬는 그에게 시현은 "문수혁 씨에게도 연락 남겨주세요. 짐 다 뺐다고요" 하고는 전화를 끊었다. 그가 건네준 보상금은 시현에게 새로운 보금자리가 되어줄 마둑을 단장하는 데 쓰일 예정이었다.

마둑에 도착하자마자 한 달 동안은 새롭게 공간을 만드는 데 전념할 수밖에 없었다. 겉으로 보기에도 허름한 곳이었지만 구석구석을 살피니 손볼 곳이 더 많아졌다. 그래도 마음만큼은 풍족한 시간이었다. 힘써 일하는 중에도 해철은 약속처럼 끼니마다 텃밭에서 따 온 재료로 식사를 준비했다. 가만히 있어도 땀이 흐르는 한여름에 지쳐 오전 업무를 어느 정도 끝내고 숨을 돌릴 때면, 해철은 건너편 주방에서 시현과 현성을 불렀다.

공사는 생각보다 길어졌다. 여름이 다 지나고 뒷산의 단풍잎이 색색으로 물들 무렵에야 마둑은 새롭게 태어났다. 그리고 그때까지 수혁에게선 연락이 오지 않았다. 보상금이 언제쯤 지급될까 조급할 때도 있었지만 다행히 해철도 현성도 시현을 재촉하지 않았고, 시현 역시 수혁에게 먼저 연락할 마음은 없었다.

시현의 손길을 거친 가게는 해안 길 끝 저 멀리서부터 환한 불빛을 내어 사람을 끌어들였다. 처음 얼마간은 손님이 없을 거라 각오했지만 이게 웬일인지 일주일도 채 지나지 않아 입소문을 타고 점점 사람이 불어났다. 관광지인 지역 특

성상 단골을 만들기는 어려웠지만 설렘을 안고 찾아오는 이들을 맞이하는 건 또 다른 기쁨이었다. 무엇보다 가장 큰 행복은 가게를 마무리하고 동이 트기 전, 시현을 필두로 그날 무슨 일이 있었는지 둘러앉아 이야기하는 때였다.

해철은 가게 뒤 공터를 넓혀 본격적으로 작물을 가꾸기 시작했고, 종종 작은 배에도 오르기 시작했다. 덕분에 시현이 준비하는 요리 재료는 더욱 다채로워졌다. 현성은 주로 민박집을 관리했는데 불을 때서 난방했기에 영업 전까지 장작을 준비하는 데에만 열중해야 했다. 시현이 맡은 일은 한여름 밤의 꿈과 크게 달라지지 않았다. 가게를 청소하고, 사람을 맞이하고, 유리잔을 닦는 일. 그런 반복된 일과에서도 뉴욕보다 더 큰 행복과 안정을 찾았다. 같이 밥을 먹고, 하루를 나누고, 다음 날 역시 함께할 사람을 다시 찾았다. 드디어 맞이한 행복한 가을밤이었다.

***

오늘 아침, 출근하며 마주친 와이프가 이번 주말에 새롭게 기획사 건물을 지을 자리를 직접 보러 간단다. 와이프는 결혼한 뒤로 찍은 드라마 몇 편이 연속으로 쪽박을 치고, 기존에 일하던 제작사와도 트러블이 생기자 나를 필두로 새로운 시작을 꿈꿨다. 우리의 결혼 생활을 의심하는 사람들이 점차 많아졌기에 이를 잠재우기 위해 아버지 회사에서 기획사 건물을 맡는 건 어쩌면 당연한 결과였다.

서로의 일정에서 겹치는 부분이 있을 때만 대화하는 우리이니, 이건 그날 내게 자리를 지키라는 뜻일 테지.

시현이 이미 가게를 정리했다는 소식을 전해 들었다. 시현의 성격상 보상금은 거들떠보지도 않고 끝까지 맞설 거라고 예상했던 터라 꽤 의외였다. 소식을 듣고도 바로 연락하지 않은 건 내가 아는 시현은 결국 다시 매달릴 것이라는 섣부른 판단 때문이었다. 그렇게 한없이 연락을 기다리다가 와이프가 시현의 가게에 직접 가보겠다는 말을 듣곤 더 기다릴 수만은 없었다.

늦은 퇴근 끝에 도착한 한여름 밤의 꿈은 홀연히 사라져 있었다. 모두가 잠에서 깬 곳에 나만 홀로 서 있는 것 같은 느낌. 처음 느끼는 기분이었다. 얼마 전까지 옅게 배어 있던 금목서 향도 더 이상 나지 않았다. 공허함에 주위를 둘러보자 그제야 문에 작게 붙은 안내문이 눈에 들어왔다.

그간 한여름 밤의 꿈에 찾아주셔서 감사합니다. 저희는 마둑에서 새롭게 시작합니다.

마둑? 갑자기 마둑이라고? 시현이 그 지역에 연고가 있나 기억을 찬찬히 되짚었지만 짚이는 구석은 어디에도 없었다.

자정이 다 되어가는 시각에서야 마둑에 도착했다. 관광지라 그런 걸까, 늦은 밤인데도 군데군데서 소음이 들려왔다. 해안 길을 걷다 보니 저 멀리서 밝은 빛을 뿜어내는 가게 하나가 보였다. 다시 찾은 너는 웃고 있었다. 그것도 환하게. 나와 저녁을 먹던 뉴욕에서처럼 말이다. 가게를 빼앗긴 절망에 쌓여 이별을 고했던 날처럼 혼자 울고 있을 거라고 예상했는데……. 그럼 나는 의기양양하게 네게 다가가 역시 너는 틀렸고 내가 옳았음을 증명하며 보상금을 건네고 가려고 했는데.

늘 가족을 갈망하던 네가 너무 조급하고 뜨거워서 아무도 감당하지 못할 거라 여겼는데. 네 주위에 함께 있는 두 사람과 너는 가족처럼 편안해 보였다. 그 모습을 한참 지켜보던 나는 그냥 돌아올 수밖에 없었다. 이제 시현의 곁에는 온기가 맴돈다. 나는 곁에 사람이 있음에도 여전히 혼자다.

뒤늦게 깨달았다. 요즘 내 삶은 창문 하나 없는 감옥 같다. 딱딱한 책상에 앉아 결재 서류만 돌린다. 그나마 아버지를 따라 현장에 나갈 때 유일하게 바깥공기를 마음껏 쐴 수 있다. 아내와 나는 남들의 시선 때문에 주소지만 공유하고 같은 문으로만 드나들 뿐. 우리는 가족이라는 단어를 구성하는 요소 중 어떤 것 하나 공유하지 않은 채 타인으로서 남아 있다. 남보다도 먼 사이인 아내와 나의 생활 반경은 철저히 구분되어 있다.

그래서 늘 혼자였다. 가사 도우미가 차려둔 저녁을 먹거나 미팅에서 때우는 한 끼가 식사의 전부였다. 식사를 걸러도 이를 챙기고 걱정하는 사람은 곁에 없었다. 그럴 때면 이따금씩 시현과 당연하게 저녁 시간을 보내던 시절이 떠올랐다. 서로의 목적이 부합하는 것 그 이상, 그 이하도 아니라 여겼지만 사실 소중한 시간이었음을 뒤늦게 깨달았다. 그때 나는 진실하게 온 얼굴로 웃고 있는 너를 볼 수 있었다.

내게도 강시현은 특별했다. 순탄하기만 한 내 인생에서 특별한 순간을 한 가지만 꼽으라면 뉴욕에서 보낸 날일 테고, 가장 큰 이유는 시현이 있어서였다. 시현의 존재를 부정했던 건 아니다. 그냥 좀 무지했다. 정말로 몰랐다. 적당한 파트너를 얻기 위해 시현에게 접근한 건 사실이었으니까. 시현이 고정적으로 장시간 훈련을 받으니 자주 얼굴을 보지 않아도 됐다는 점도 컸다. 무엇보다 나를 한 치의 의심도 없이 믿었기에 나에게 시현은 수월하게 스쳐 지나가는 한 명이라고만 생각했다.

내 인생은 스스로 타본 적이 없었다. 불이 식을까 싶으면 적당한 때에 사람들이 다가와 불쏘시개를 주고 갔다. 그러니 관계에 많은 에너지를 들일 필요가 없었다. 주변엔 나와 교환하거나 받고 싶은 것이 있어 맺어진 이들이 전부였다. 심지어 부모에게 받은 것도 사랑이 아니라 회사였으니.

나는 어딘가 매캐하게 타오르며 연기만 흩어지고, 결국 재 한 줌 남기지 않는 존재 같았다. 내 주변은 줄곧 공허했다. 시현이 내게 남긴 건 바로 추억과 갈망 그리고 지각이었다. 시현은 내가 무지했다는 것을 깨닫게 해주었다. 이제껏 시현이 많은 걸 상실한 사람이라 여겼지만 정작 모든 걸 상실한 쪽은 나였다.

모든 걸 다 가진 내 주위에는 아무것도 없다. 이제야 너와 시간을 보내며 뒤늦게 내면에서 소리치는 나의 욕구를 발견했다. 차갑고 매정한 가을밤이었다.

에필로그

가을 무렵인데도 땀이 흐른 목덜미를 닦다 보니 옷소매가 축축했다. 옆에는 아침부터 패놓은 장작이 한가득 쌓여 있었다. 마지막 장작을 내려치고 숨을 돌리자 시현의 목소리가 들렸다.

"현성아, 끝났어? 와서 물 좀 마셔."

네에, 목을 빼고 식당 안쪽까지 들리도록 소리를 질렀다. 이리저리 던져놓은 불쏘시개를 주워 가지런히 정리하고 가게 안으로 들어가자, 바 테이블에 서 있는 시현이 보였다. 금요일 장사 준비는 끝이 났다. 주말을 앞둔 날이라 가게에도 민박집에도 손님이 꽉꽉 들어찰 것이다. 늘어진 식당 제일 끝에 있는 곳이었지만 날이 갈수록 제일 끝 집이라는 사실이 무색할 만큼 북적북적해졌다.

주말은 해철이 가게를 운영했다. 시현은 주방에서 주말에 쓸 물품과 재료를 준비하고, 나 역시 장작을 한 움큼 패놓

앉다. 시현과 나 모두 생활에 군말은 없었다. 오히려 우리는 지켜야 할 무언가를 위해 더 열심이었다. 시현의 서울 집, 나의 해울 할머니 집. 물론 우리가 마둑을 떠나는 금요일 밤이면 홀로 바쁜 주말을 챙겨야 한다는 해철의 툴툴거림을 견뎌야 했지만 시현의 말처럼 되돌아갈 곳이 있다는 사실이 오히려 마둑 생활을 행복하게 만들어주었다.

매일 가게 문을 열기 전에 시현과 나는 이른 저녁을 먹었다. 자유로운 평일이 생긴 덕분에 여유가 생긴 해철은 산과 바다로 부지런히 움직였다. 공터에 있는 텃밭 부지를 더 사들였고, 동네에서 얼굴을 튼 선장의 배에도 종종 올랐다. 해철은 우리가 자리를 비운 주말 동안 평일에 마련한 식재료들로 요리했고, 그것들은 손님상과 우리의 저녁상을 채웠다. 가끔은 해울에서 넘어온 할머니 반찬도 있었다.

아, 할머니. 당신은 최근에 있던 건강 검진에서 치매가 크게 악화되지 않았다는 진단을 받았다. 무서운 속도로 진행되는 병 앞에서 꿋꿋하게 버티는 당신을 보며 모두가 신기해했지만 나는 아무렴 혼자만의 여행 끝에 당신이 유의미한 무언가를 찾았겠거니 생각한다. 아직 할머니가 해울 집에서 홀로 일상생활을 하긴 힘들지만 그래도 경증이니 외출만큼은 전보다 더 자유로워졌다.

해울 집의 텃밭도 다시금 활기차졌다. 할머니가 해울 집에 오는 건 토요일 아침. 나는 텃밭을 가꾸기 위해 그보다 이르게 도착한다. 금요일 밤이 되면 시현을 마둑 터미널에 내려준 뒤 곧장 해울로 향한다. 아무도 없는 해울 집에 들어서서 그사이 뿌리내린 잡초를 뽑고, 평상 위 먼지를 쓸고, 빨간 바가지 아래에 있는 열쇠를 집어 문을 딴다. 어둑한 부엌 불을 밝히고 기름보일러를 땐 다음 얼른 집이 훈훈해지길 기다리며 푹신한 요 위에서 잠을 청한다. 곧 아침이 되면 당신을 모시러 가야 한다.

당신은 매주 집에 올 때마다 늘 환한 표정으로 마당을 질주한다. 상추나 시금치, 무, 감자 등 쉽게 자라는 몇 가지 채소를 심어둔 텃밭에서 채소를 한아름 따고, 신발을 털며 집 안으로 들어온다. 환하게 밝힌 부엌과 거실, 온기가 가득한 집 안이 마음에 쏙 드는 모양이다. 늘 냉장고를 열어 왜 아무것도 채워진 게 없냐며 한 소리 하고서 시장에 가야겠다며 다시 현관으로 발을 내디딘다.

나는 태평히 그 모습을 보다가 못 이기는 척 따라나선다. 찡긋 인사하는 쌀집 사장님을 지나 장바구니를 들고 그 뒤를 쫄레쫄레 따라다닌다. 그럴 때면 나는 십 년 전으로, 맑은 정신의 당신과 어린 손녀 차현성으로 돌아간다.

짧은 외출을 끝으로 할머니는 요리를 시작한다. 그럼 온기로 가득한 집에 음식 냄새까지 곁들여진다. 당신이 차리는 밥상은 매주 바뀐다. 깜박깜박하는 정신에도, 부엌을 떠났던 시간에도 어째서 손맛은 변하지 않았는지……. 물론 가스레

인지 밸브를 잠그거나 불을 끄는 일을 잊어버리기에 요리하는 내내 당신 옆에 딱 붙어 있어야 하지만 나는 그 과정조차 즐겁다.

"왜 이렇게 붙어 있냐아. 저 멀찍이 가 있어라, 현성아. 방해만 되니께" 하며 엉덩이를 떠밀지만 미는 힘이 매일같이 떨어지는 게 느껴지기에 들은 척 만 척하며 여전히 당신 곁에 남아 있다. 칼이 곧 떨어질 것같이 위험하게 놓여 있으면 싱크대 안쪽으로 깊숙이 밀어 넣어준다.

과정이 서투르면 어떠한가. 요리 솜씨는 여전히 일품이다. 당신과 찢어져 산 지 꽤 오랜 시간이 지났지만 집밥이 그리운 데에는 다 이유가 있다. 햇볕이 좋은 날이면 함께 평상에 드러누워 솔솔 불어오는 낮잠을 맞이하는데 그럴 때면 당신의 주름도 햇빛에 비쳐 팽팽해 보인다. 일요일이면 혜욱 삼촌이 찾아온다. 담장 너머로 요란한 시동 소리가 들리면 바로 삼촌이다. 우리는 함께 반나절을 보내고, 다시 요양원으로 돌아가는 당신을 배웅한다. 더할 나위 없는 주말이 그렇게 지나간다.

마둑으로 돌아가는 길, 내 차 뒷좌석에는 갖가지 수건으로 싸인 짐이 가득하다. 할머니는 매주 요양원에 들어가기 전, 집에 남아 있는 반찬을 모조리 데우고는 도시락에 넣는다. 행여 식을까 봐 집에 있는 수건으로도 꽁꽁 감싼다. 그렇게 마둑까지 온기를 품은 채 도착한 수건 꾸러미는 해철, 시현과 나누는 소중한 끼니가 된다.

    나는 아직도 모르는 게 많다. 그래도 한 가지 알 수 있는 건 기꺼이 문을 두드리고 내게 들어와준 이들이 생겼다는 것. 일 년 전 딱 이맘때 마둑에 왔었다. 그리고 일 년 새에 많은 게 변했다. 일요일 저녁, 빨갛게 내려앉은 노을을 맞으며 마둑으로 향한다. 마둑에 도착하면 여느 때처럼 해철과 시현이 나를 반겨주겠지. 그럼 나는 오늘도 그들을 빗장 삼아 새롭게 가족이 된 서로와 깊은 밤을 보낼 테다.

서울, 마둑, 해울

초판	1쇄 발행 2024년 4월 23일
	2쇄 발행 2024년 7월 29일
지은이	곽나원
펴낸이	안병현 김상훈
책임편집	강현지
마케팅	신대섭 배태욱 김수연 김하은
제작	조화연
2차 저작권 문의	강현지 김정연
펴낸곳	주식회사 교보문고
등록	제 406-2008-00090호(2008년 12월 5일)
주소	경기도 파주시 문발로 249
전화	대표전화 1544-1900
주문	02)3156-3665
팩스	0502)987-5725

ISBN 979*11*7061*127*1 03810

── 책 값은 표지에 있습니다.
── 이 책의 내용에 대한 재사용은 저작권자와 교보문고의
　　서면 동의를 받아야만 가능합니다.
── 잘못된 책은 구입하신 곳에서 바꾸어 드립니다.

연재부터 출간까지 올인원 플랫폼 창작의날씨
본 도서는 교보문고 창작의날씨 출간 프로젝트에 선정된 우수 작품입니다.